KEITAI
SHOUSETSU
BUNKO SINCE 2009

野いちご

魔王子さま、ご執心！
2nd season②
～冷徹男子は孤独な少女を命がけで奪い返す～

＊あいら＊

JN020288

◎STARTS
スターツ出版株式会社

イラスト／朝香のりこ

反乱軍の襲撃から、
雪兎と美虎を守った鈴蘭。

謎の力は、真の能力の目覚め？

「——命を、消費します」

それは、幸か不幸か……。

「鈴蘭はただ、俺の隣で笑っていてくれ。
それだけでいい」

ふたりの平穏な生活に
影を落とす試練の連続——。

「誰が鈴蘭にふさわしいか、わからせてやる」

それぞれの鈴蘭への想いが溢れ出す、第②巻。

【甘すぎる溺愛学園シンデレラストーリー】

魔王子さま、執心！2nd season ②
～冷徹男子は孤独な少女を命がけで愛し抜く～

登場人物

ラフ
夜明の使い魔。
人懐っこい性格
でおしゃべり。

ノワール
学級2年
（くろやがみ よあけ）
黒闇神 夜明

属性：悪魔族。ノワール学級トップの生徒
で、現魔王（首相）の息子。全校生徒の中で
一番力を持っており、能力、頭脳共に魔族
の中でも最強クラス。極度の女性嫌いだっ
たけれど、心の美しい鈴蘭に惚れて…？

ノワール
学級1年
※元ブラン
学級
（ふたば すずらん）
双葉 鈴蘭

心優しく、慈愛に満ちた美しい少女。
理不尽な理由で、双子の妹と母親から
虐げられる日々を送っていた。動物と
甘いものが大好き。学園では静かに大
人しく過ごそうとしていたけれど…。

聖リシェス学園

在校生の半分以上が、魔族で形成されている学園。魔族と、推薦を
もらった人間しか入学することが許されていない。魔族の相手にふ
さわしいと国が判断し、選ばれた人間だけが特待生として入学す
る。魔族は昼行性の種族が『**ブラン学級**』、夜行性の種族が『**ノ
ワール学級**』と分けられている。そのため、ブラン学級とノワール
学級は気軽に行き来できるものではなく、関わりが薄い。

ブラン
学級2年

ノワール
学級1年
※元ブラン
学級

ノワール
学級2年

白神ルイス
（しろがみ）

属性：妖精族。ブラン学級の
トップで、先代の魔王（首
相）の孫。悪魔から政権を取
り戻すため、女神の生まれ変
わりを探している。鈴蘭に一
目惚れし、婚約を迫り…？

双葉 星蘭
（ふたば　せいらん）

鈴蘭の妹。以前は鈴蘭を
嫌っていたけど、お互いに
本音をぶつけあったことで
姉妹らしい関係に。夜明の
計らいでブランからノワー
ルに転級した。

司空 竜牙
（しくう　りゅうが）

属性：竜族。夜明の側近。
やる気のない夜明にいつも
振り回されている。紳士的
で優しく常に笑顔だけど、
怒らせると怖い。

ノワール
学級1年

ノワール
学級2年

ノワール
学級1年

冷然 雪兎
（れいぜん　ゆきと）

属性：雪男族。雪男にも関わ
らず寒さに耐性がなく、一
族では出来損ないの扱い。長
い前髪で目を隠している。
女嫌いで、生意気な性格。

獅堂 百虎
（しどう　びゃっこ）

属性：虎族。女の子が大好き
なチャラモテ男子だけど、誰
にも本気にならない。いつも
おちゃらけた感じだが、じつ
は一番本心が読めない。

獅堂 美虎
（しどう　みこ）

百虎の双子の妹。能力が弱
く、耳が出ている半獣。耳
を周りからバカにされてき
たため、コンプレックスが
強い。男嫌い。

これまでの
あらすじ

双子の妹に虐げられていた
心優しい少女・鈴蘭。

学園中の憧れであるルイスには
婚約を申し込まれるも、
妹・星蘭の策略で
婚約破棄されてしまう。

傷ついた鈴蘭の癒しは、
時折学園内で会える
"フードさん" との時間。

じつは彼の正体は、
**学園内で最も
権力のある
極上イケメン・夜明。**
さらに彼は鈴蘭に
婚約を申し出て……!?

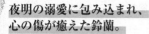

夜明の溺愛に包み込まれ、
心の傷が癒えた鈴蘭。

旅行や文化祭で甘い時間を重ね、
幸せは最高潮に♡

ところが、学校の合宿で
**夜明の敵対勢力に
鈴蘭が襲われて
しまい……!?**

ふたりの運命の行方は!?

続きは
本文を読んでね!

☆

contents

【Ⅵ】禁忌の能力

恐れ

【side 夜明】

　合宿中、何をしていてもずっと鈴蘭のことが心配で、気が気じゃなかった。

　何事もなく過ごしているだろうか……。

　眠る前に連絡をしてくれと頼んでいるが、まだそれは来ていない。

　宿泊する部屋のソファに座りながら、鈴蘭からの連絡を待つ。

「鈴蘭様から連絡はまだですか？」

　後ろにいる竜牙（りゅうが）も、落ち着かない様子だった。

「……ああ」

「おーい、ふたりともー」

　俺たちの気も知らず、軽い足取りで部屋に入ってきた百虎（びゃっこ）。

「今からキャンプファイヤーだって」

「行くわけないだろ」

　わざわざ確認を取りにきたのか、返事をするのも面倒だった。

　何を楽しめばいいのかもわからない意味不明な催し（もよお）に、俺が参加すると思ったのかこいつは。

「だよね。言っただけ。俺も不参加にしよっと」

　俺と向かい合うソファに座って、息をついた百虎。

「はぁ……わかってたけど、合宿ってだるいね」

　笑顔でそんなことを言うこいつは、俺よりも性格が捻じ曲がってる。

「それより、鈴ちゃんから何か連絡あった？」

「……ない」

「そっか……俺も美虎に連絡したんだけど、返事がないんだよね。みんな楽しくやってるかな」

　百虎も連絡が来ていないという事実に、さらに焦燥感にかられる。

　さっきから、ずっとだ。

　この感覚……。

「胸騒ぎがする……」

　嫌な予感なんてものじゃない。

　鈴蘭の身に危険が迫っているような、最悪の予感が止まらない。

「……様子を見てくる」

「抜け出せば欠席扱いになりますよ。まったく……もう少し待ちましょう。きっと鈴蘭様たちも、キャンプファイヤーなどの催し物があるでしょうし」

「……」

　くそ……こんな意義のわからない合宿、誰が決めたんだ……。

　心配で、俺の心臓がもたない……。

　目をつむって、ため息をつく。

　やはりどんな手段をとっても参加させるべきではなかっ

たな……。

　そう思った時だった。

『夜明さん……』

「……っ」

　鈴蘭の助けを求める声が聞こえて、目を開いた。

「夜明？」

「鈴蘭が……」

　すぐに移動しようとしたが、合宿所には結界が張られているのを思い出した。

　敵襲を受けている可能性がある以上……下手に結界を破ると、ますます鈴蘭を危険な状況にさせてしまうかもしれない。テレポートはできない。

「急いで黒闇神家の魔族に連絡しろ。鈴蘭たちの合宿所に召集をかけろ……！」

　俺はそれだけを言って、鈴蘭のいる方向へ急いだ。

「何があったのか、説明を……それに、合宿を抜け出したら」

「いいから早くしろ!!」

　追いかけてくる竜牙に再度命令する。

「待って、俺も行く……！」

　後ろから百虎がついてきている気配がするが、返事をする余裕もない。

　くそ……何が起こってる……っ。

　間に合ってくれ……。

　夜の風を切りながら飛んで向かっていたが、ぴたりと動きを止めた。

「……夜明？」

「鈴蘭の気配が……」

　なくなった……？

　いや、変わった……？

　なんだ、これは……。

　とにかく、急いで鈴蘭のもとに行かなければ、取り返しのつかないことになる。

　そんな予感がして、俺は無我夢中で急いだ。

　現地に着くと、事前に合宿所付近に待機していた黒闇神家のSPたちが怪しい装いをしたやつらを取り囲んでいた。

「捕らえろ！」

　昼行性ダイアーナル……。

　鈴蘭の気配は、古い小屋の中から感じる。半壊状態の小屋を見て、ゾッとした。

　急いで中に入ると、そこにいたのは……息を切らして、震えている鈴蘭の姿。

「鈴蘭……‼」

「よあけ、さん……」

　鈴蘭が、力なく足元を崩した。

　倒れないように、すぐに抱き抱える。

「大丈夫か……⁉」

「はい……」

　真っ青な顔色、消えいりそうな弱々しい声。大丈夫そうには到底見えない。

　心配で顔に手を触れた時、鈴蘭の髪が眩い光を発した。

「……これ、は……」

　髪色が水色から元の薄いベージュ色に変わっていく。

　まるで、力を抜き取られるかのように。

「鈴蘭……！　聞こえるか？」

「……」

「鈴蘭……！」

　完全に意識を手放してしまった鈴蘭に、俺は目の前が真っ暗になるような絶望感に包まれた。

　何が起こっているのか、まったくわからない。

　ただ、気を失っている鈴蘭が、このまま目を覚まさないような……そんな想像が脳裏をよぎって吐き気がする。

「早急に黒闇神家に医者を集めろ……！」

　俺はそれだけ命令して、鈴蘭を連れて黒闇神家に向かった。

「体力を消耗して、意識を失っているようです。体に異常はみられませんので、じきに目を覚ますかと思います」

　医師の報告に、俺は全身の力が抜けるほど安堵した。

　本当に……よかった……。

　以前も同じことがあった時、もうこんな思いはしたくないと願った。

　それなのにまた……俺は鈴蘭を守れなかった……。

　周りで報告を待っていた百虎と竜牙、鈴蘭と一緒にいた雪兎と百虎の妹も、安心して目に涙を滲ませている。

　気づかなかったが、百虎の妹はずっと泣いていたようだ。

「ふたりとも……いったい何があったの？」

　百虎が、妹と雪兎に話を聞こうとしている。

　鈴蘭の安全が確認できた今、俺も話を聞こうと顔を上げた。

「昼行性（ダイアーナル）から……襲撃を受けた」

　やはり……今回も昼行性（ダイアーナル）の仕業か……。

　ほとんどは捕らえたが……絶対に、無事では帰さない。

「それで……鈴蘭が、あたしたちを……かばって……」

「まさか……魔力攻撃を受けたの？」

「……違う……」

　鈴蘭に外傷はなかったため、直接攻撃を受けたわけではないということはわかっていた。

「鈴蘭が……結界のようなものを、張ったんだ……」

　雪兎が、震える声でそう言った。

　結界……？

　……鈴蘭が？

「……ごめん、どういうこと？　意味が……」

　百虎が戸惑うのも無理はない。俺も、雪兎が言っている意味を理解できなかった。

　鈴蘭は女神の生まれ変わりではあるが、人間だ。

　魔力は持っていない。結界を張るなんて、そんな魔族みたいなこと……。

「魔力を使ったんだ、鈴蘭が……」

　……あるわけが、ないだろ。

　聞き間違いかと、自分の耳を疑った。

　しかし、雪兎と百虎の妹の動揺している姿を見るに、冗談ではないと理解する。

「……本当に言ってる？」

　信じられない。

　いや、ありえない。

「女神の生まれ変わりは物理的な能力を使えないって、俺もわかってる。でも……目の前で見たんだ……」

　雪兎自身も現実を受け入れられていないのか、たどたどしい口調だった。

「あれは多分、防御能力だった……鈴蘭の結界が相手の攻撃を跳ね返して、俺たちを守ってくれたんだ……」

「そんな……いくらなんでも……」

「だから、俺たちは無傷ですんだんだ……っ」

　雪兎のその言葉は、俺たちを納得させるには十分だった。

　ごくりと息を飲む。

　何が、どうなっている……。

「たしかに……あれだけ小屋の損傷が酷かったのに……ふたりが怪我をしてないのが、不思議だったけど……」

「――それは、本当なの？」

　突然別のやつの声が聞こえて顔を上げると、そこには母親が立っていた。

「……お久しぶりです……夜伊さん……」

　母親に気づいた百虎たちが立ち上がって、急いで頭を下げた。

　あれは……元内閣の、参謀と呼ばれていた人。確か名前
は、黒須。

　久しぶりにその人の姿を母親の後ろに見つけた途端、胸
騒ぎがした。

　この人は政界を引退してから隠居していて、滅多に姿を
現さなくなったからだ。

　そんな人が、わざわざやってくるなんて……。

「雪兎くん……鈴蘭ちゃんが何をしたのか、詳しく説明し
てくれる？」

　母親に言われる通りに、雪兎がさっきの話をもう一度繰
り返した。

　それを聞いた母親の顔が、みるみるうちに青ざめていく。

「……やっぱり……」

"やっぱり"？

「だから言ったでしょう、女神様本人には話しておくべき
だと」

　黒須が叱るように母親に告げている。

「おい……何を知っている？　俺たちに……隠しているこ
とがあるのか？」

　鈴蘭の身に……一体何が起こっているんだ？

「隠していたわけじゃないわ。ただ……本当にこんなこと
が起こるなんて……」

　なんだ、その言い方は……。

　両手で顔を覆ってしまった母親を見て、さらに嫌な予感
が止まらなくなる。

　滅多に泣かない母親が、泣いている。

　鈴蘭は……そんなに危険な状態なのか……？

「……よあけ、さん……？」

　聞こえたその声に、ハッと視線を移す。

　ゆっくりと目を開けた鈴蘭が、不安そうに俺を見つめて
いた。

力の代償

　体が鉛（なまり）のように重い。

　頭痛で、少しずつ意識が戻っていくのを感じる。

「隠していたわけじゃないわ。ただ……本当にこんなこと
が起こるなんて……」

　お母さんの、悲しそうな声が聞こえた。

　これは……夢？

　ゆっくりと目を開けると、真っ青な顔でお母さんを見つ
める夜明さんが視界に映った。

「……よあけ、さん……？」

　すぐに私に気づいた夜明さん。

　周りに視線を向けると、竜牙さんや百虎さん、それに美
虎ちゃんと雪兎くんの姿も。

　怪我がなさそうなふたりの姿を見て、ほっと安堵の息を
吐いた。

　そして、私を見て目を見開いているお母さんの姿もあっ
た。

　その瞳には涙が滲んでいて、さっきのは夢じゃなかった
んだと気づく。

　お母さん……どうして、泣いているんだろう……。

「女神様、お体は？　お辛いところはありますか？」

　私にそう聞いてくれたのは、初めて見る人だった。

　おばあさん……誰だろう……？

「ああ、お会いするのは初めてでしたね。わたくしは黒須(くろす)と申します」

　黒須さん……ひ、ひとまず、ご挨拶をしなきゃっ……。

「は、はじめまし、て……っ、いっ……」

　立ちあがろうとした時、頭に強い痛みが走った。

　ふらついて、再びベッドに横になる。

「鈴蘭……!?　大丈夫か……!?」

「あ……へ、平気です！　ちょっとだけ、頭が……」

　夜明さんに心配をかけないように微笑もうとしたけど、表情が保てないくらい痛かった。

　体も重い……起き上がれない……。

「女神様……そのままの体勢でかまいません。お辛いかと存じますので」

「す、すみません……」

　なんなんだろう、この痛みは……。

　それに……気になることは他にもある。

　さっきから視界にチラつく、この髪。

「あの……私の身に……何が起こったんでしょうか？　髪色も……」

　久しぶりに見るこの色。

　私は自分の髪色を気に入っていたわけでも、嫌っていたわけでもないけど……もうあの淡い水色に見慣れてしまっていたから、今はすごく違和感があった。

　さっきまでの記憶は残っている。みんなで雨宿りで小屋に入ったところを攻撃されて、私の体から謎の力が溢れ出

して……力尽きるように、意識を手放した。

　さっきの力がなんなのか、まったくわからない。

　記憶ははっきりしているけど、あれは夢だと言われたほうが納得できるくらいだ。

「わたくしからお話いたしましょう」

　黒須さんが、改まったようにそう言った。

「黒闇神家関係者以外はご退席いただきたい」

　え……？

　関係者……どこまでを指すのかわからないけど、百虎さんや美虎ちゃん、雪兎さんのほうを見ている黒須さん。

　竜牙さんは、関係者の中に入っているらしく、微動だにしていなかった。

「俺も……話を聞かせてもらえませんか？」

　黒須さんを見て、百虎さんがそうお願いしている。

「俺も……」

「あたしも……」

「機密情報です」

　３人の主張を跳ねのけた黒須さんに、どうしようかと考えを巡らせた。

　機密情報というくらいだから、女神の生まれ変わりについての話だと思う。

　簡単に人には話すことができないような情報なんだとは思うけど……３人は他人ではないし、私の中では十分関係者にあたると思う。

「あの……みなさんは、私の大切な友達なんです。いつも

私を守ってくれています」

　迷惑をかけることも多いし……重大な話ならなおさら、みんなにも聞く権利があると思った。

「関係者という意味では間違いない。このまま話を始めてくれ」

　夜明さんもそう言ってくれて、黒須さんは悩むような仕草を見せたあと、諦めたようにため息をついた。

「それでは……」

　話を聞くのが少し怖くて、ごくりと息を飲んだ。

「女神の生まれ変わりには、物理的な能力はないと言い伝えられているのはご存じでしょうか？」

「は、はい……」

「それは……事実とは異なります」

　え……？

「つまり……能力があるということか？」

　確認するように、夜明さんがそう聞いた。

「はい……実際には、限られた能力ではございますが。防御能力と治癒能力。この２点において、女神の生まれ変わりは膨大な力を行使することができます」

　そんな……。

　衝撃的な事実に、驚きを隠せない。

　私はただの人間なのに……能力を使えるなんて……。

　まるで、自分が自分じゃなくなったみたいな恐怖に襲われた。

　防御能力と、治癒能力……。

「私がさっき発動したのは……防御魔法、ということですか……？」

　黒須さんが言っていることが事実なら……さっきの結界のようなものも、説明がつく。

「わたくしは現場に居合わせておりませんので、直接見たわけではありませんが……多分、そうでしょう」

　あれは本当に……夢じゃなかったんだ……。

　私自身の、能力……。

「意味がわからない。だったらどうして、今まで嘘の情報が言い伝えられていたんだ？」

　たしかに、私もそれは気になった。

「一概に嘘というわけではございません。現に、能力を使えない女神の方が多かったと言われております。つまり、鈴蘭様のように能力を行使できるほうが稀有なのです。そして、なぜそれが隠されていたのかというのは……」

　言うのをためらうように、一度口を固く閉ざした黒須さん。覚悟を決めたように、ゆっくりと顔をあげた。

「その能力が……禁忌の能力だからでございます」

「禁忌……だと？」

　ただでさえ険しかった夜明さんの表情が、ますます歪んだ。

「魔族は、能力を使う時に、魔力を消費します。しかし、女神の生まれ変わりは魔族ではなく、元は人間……」

　人間が、魔力を持っているはずはない。

「魔力のない女神の生まれ変わりが、能力を発動する時に

消費するのは……」

　お母さんが、悲しそうに顔を伏(ふ)せたのが見えた。

　黒須さんは……いったいなにを言おうとしているの？

「――自らの命です」

「……っ」

　まさか、代償がそんなにも重いものだとは、思わなかった。

「なん、だと……」

　私以上に困惑している夜明さん。よく見ると、手が震えていた。

　他のみんなも、言葉を失っている。

「一日で回復できる程度の力であれば、問題ありません。ただ、鈴蘭様は本日、敵襲を跳ね返したと聞いております」

　黒須さんは怖いくらい真剣な表情で、射抜くような瞳(ひとみ)で私を見た。

「そのような能力の行使を続けていたら……鈴蘭様の命は、近いうちに尽きてしまうでしょう」

　突然目の前に死が突きつけられて、ゾッと背筋が凍る。

「それは……今日能力を使ったことで、寿命が縮まったということか……？」

　冷静さを失いそうになったけど、夜明さんの声を聞いてハッとした。

　夜明さん……声が震えてる……？

「影響は確実にあったでしょう。詳しいことについては、調べてみないとなんとも……ですが鈴蘭様自身は、お体の

異変を感じておられるのではないですか」

　図星を突かれて、反論ができなかった。

　どのくらい影響があったか、具体的なことはわからないとしても……何かが削られたような、消耗されていくような疲労感はあった。

　これは……命が削られていく、感覚だったの？

「まさか……鈴蘭ちゃんが、その能力を持っているとは思わなかったの……」

　いつも元気なお母さんの声が、今は弱々しく震えている。

　両手で顔を覆いながら、涙を隠している姿に胸が締め付けられた。

「どうか……目覚めないでって思ってたわ……」

　お母さん……。

　私のこの能力は……みんなを悲しませてしまう、能力なんだ……。

　一瞬、この力でみんなを守れるんじゃないかなんて思ったのに……守るどころか、この場にいる全員が、悲痛に顔を歪ませている。

「皆様、絶望するのはお早いですよ」

　黒須さんの言葉に、そっと顔を上げる。

「行使すれば命が削られると言いましたが、能力を封印すればよい話です」

　たしかに……。

　私は能力を使えるようになったけど、使うか使わないかは選択できる。

「女神様、今後一切、命を消費するような膨大な力は使わないと、約束してください。我々にとって、あなたは必要な存在なのです」

「は、はい……」

　私は黒須さんを見て、深く頷いた。

「でも、封印と言っても……これは自分で抑えられるものなんですか？」

　さっき、力が溢れてくるような感覚があった。

　もしまたあの感覚が襲ってきた時……抗えるのかな。

「目覚めたのなら、コントロールできるはずです。一度、力を溢れさせるイメージをしてください」

「おい、そんなことをしたら……」

　言われるがまま目をつむって集中した時、夜明さんが私の肩を掴んだ。

「先ほども言いましたが、小さな力であれば問題ありません。鈴蘭様は、昔から傷の治りが早いと感じたことはありませんか？」

「あっ……あります……！　どんな怪我でも、すぐに治ります……！」

　昔、お母さんに暴力を振るわれた時……いつも治るのが早かった。

「それは……この能力の一種です。昔から、女神の予兆があったのでしょう」

　切り傷なんて、次の日には消えていたし……それも全部、この能力が関係していたなんて……。

「さあ、もう一度、力を溢れさせる想像をしてください」

　頷いて、再び目をつむる。

　力を溢れさせるイメージ……。

　眩い光を感じて目を開くと、自分の髪が光を発していた。

「わっ……髪が……」

　元の髪色から、再び淡い水色に変化する。

「今度はそれを、鎮めるイメージです」

　頷いて意識を変えると、光が消えていくのと同時に、髪色も薄いブラウンに戻った。

「あ……」

　すごい……コントロールできる……。

　本当に……自分が自分じゃないみたい……。

「いいですか、これ以上の力を放出すれば、体に負担がかかります。命を消費します。それを忘れないでください」

「わ、わかりました」

　この能力は……封印しなきゃ……。

　だけど、髪色が変えられるようになったのは、助かったかもしれない……。水色の髪は、あまりにも目立ちすぎるから、狙われやすくなってしまうし、普段はこの色で生活しよう。

「でも……どうして急に、私の力は目覚めたのでしょうか？」

　きっかけが気になって質問すると、黒須さんは淡々と答えてくれる。

「女神は常人離れした慈悲の心を持っています。何かを助

けたいと、強く思ったときに……真の力が目覚めると」

　その言葉に身に覚えがあって納得する。

　あの時……美虎ちゃんと雪兎くんを助けたいって思ったから……それがきっかけになったんだろうな……。

「ですが、今後もし同じような状況になっても、先ほど約束したように能力は使わないでいただきたい」

　夜明さんも他のみんなも、訴えるように私を見ていて、静かに頷いた。

　まだ体がとてもだるく、頭も痛いけど……正直、あの時能力を使ったことを後悔はしていない。

　ふたりの元気そうな姿を見て、心からそう思う。

　もしまた同じ状況になっても……本当に、使わずにいられるんだろうか。

　正直、はっきりと使わないとは約束できないけど、さっきの夜明さんやお母さんの悲しそうな顔を思い出して気を引き締めた。

　みんなを悲しませたくないから……この能力は、できる限り封印しよう。

　本当に、みんなの身に危険が迫った時……それ以外は、絶対に使わない。

「それでは、長々と話に付き合わせて申し訳ございません。女神様、今日はお疲れでしょう。もうお休みになられてください」

「ああ、鈴蘭……もう休もう」

　夜明さんが、そっと私の肩に腕を回した。

不安の中で

夜明さん以外の皆さんが部屋を出ていって、ふたりきりになる。

今日はこのまま寮には帰らず、夜明さんのお家にお泊まりさせてもらうことになった。

大きなベッドに横になって、夜明さんのほうを見た。

「大丈夫か？　まだ頭が痛むか？」

私の髪をそっと撫でながら、心配そうに見つめてくる夜明さん。

私以上に、さっきの話を聞いて、ショックを受けているのがわかる。

「少しだけ……でも、耐えられる痛みです」

変に大丈夫ですと強がると、夜明さんをもっと傷つける気がして、正直に伝えた。

夜明さんには、些細なことでも嘘をつきたくない。

「妖術をかけられていた時と違って……俺の能力でも緩和できそうにないな……」

頭に触れていたのは、痛みをやわらげようとしてくれていたみたいで、夜明さんの優しさに笑みがあふれた。

「ふふっ、大丈夫です。夜明さんといたら、痛みも引きそうです」

これは……能力を使った反動なんだろうな……。

確かに、これ以上の痛みに襲われたら、耐えられそうに

ない。

「……鈴蘭、すまなかった」

　突然謝罪の言葉を口にした夜明さんに、驚いてしまう。

「ど、どうして夜明さんが謝るんですかっ……」

「俺がもっと強く……合宿への参加を止めていれば……」

　そんなっ……こんなことが起こるなんて、誰も予想できるはずがないし、どう考えても夜明さんは悪くない。

　それに……。

「夜明さんは必死に止めてくれてたじゃないですか。今回は私の不注意が原因です」

　合宿の直前まで、どうにかならないかと学園側にかけ合ってくれたのも知っている。

　くれぐれも気をつけるようにって、何度も念を押されていたのに……私の不注意でこんなことになってしまった。

「心配かけて、ごめんなさい……」

「……鈴蘭こそ、謝らないでくれ……」

　苦しそうに顔を歪めた夜明さん。

「もう絶対に能力は使わないと、頼むから約束してくれ」

　その表情を見ていると、私まで胸が苦しくなる。

「鈴蘭を失ったら、俺は生きていけない」

　おおげさなんて言えないほど、夜明さんの表情は真剣そのものだった。

　こんなふうに言ってくれる夜明さんを残して、死んだりしない。

「約束します」

　私はそっと、夜明さんの手を握った。

「私も……ずっと夜明さんと、生きていきたいです」

　私の、一番の願い。

　夜明さんは私の返事に安心したのか、少しだけ表情を緩めた。

「それに……ふふっ、夜明さんがいなくなったら困ります」

「ああ。俺を残していなくならないでくれ」

　見つめあって、どちらからともなく微笑みあう。

　こんな幸せが、いつまでも続きますように……。

「……っ」

　突然強い痛みに襲われて、頭を抑える。

「どうした……!?　頭が痛むのか?　医者を呼ぶから待っていろ」

「だ、大丈夫です!　少しズキっとしただけなのでっ……」

「今日はもう休もう……疲れを回復しないと」

　取り乱した夜明さんが、私の首まで布団をかけてくれた。

「あ……そういえば、合宿……」

　抜けてきてしまったけど……どうしよう。出席必須だったのに、途中帰宅は欠席扱いになってしまうよね。

　私だけじゃなく、夜明さんやみんなも……。

「問題ない。学園側の警備不足という判断になって、出席扱いにすると連絡がきた」

　そうだったんだ……よかった……。

　ほっと胸を撫で下ろした私の隣で、夜明さんは「何が国内随一のセキュリティだ……」と舌打ちしていた。

「何も問題はないから、合宿のことなんて気にしなくてい
い。今日は何も考えずに眠ってくれ」

　私を寝かしつけるように、頭を撫でてくれた夜明さん。

　その手つきはいつも以上に優しくて、深い愛情を感じた。

籠の中に

【side 夜明】

　すやすやと眠る鈴蘭の寝顔を見つめる。

　いつもなら、この笑顔を見ながら俺も安心して眠れるの
に、今は恐怖に飲み込まれそうだった。

『そのような能力の行使を続けていたら……鈴蘭様の命は、
近いうちに尽きてしまうでしょう』

　能力の代償に、鈴蘭の命が削られる……？

　勝手に、ずっと一緒にいられると、生涯寄り添いながら
生きていけると思っていた。それがどれだけ楽観的な考え
だったのか、気づかされた。

　今もどこか、生きた心地がしない。

　鈴蘭がいない未来なんて、考えられないのに。

　起こさないようにそっと、綺麗な髪に触れる。

　髪色も……どちらも似合ってるが、あの水色に慣れすぎ
たのか、不思議な気分だった。

　その慣れない感覚が、さっきの説明は紛れもない真実な
のだと訴えかけてくるようで、下唇を噛み締める。

　鈴蘭がいなくなったら、俺は……。

　考えたくも、ない……。

　昼行性（ダイアーナル）からの攻撃から、雪兎と百虎の妹を守ったと聞い
た。

　能力の開花さえも、鈴蘭らしすぎる理由で、そんな鈴蘭

が好きだと思う反面、心配でたまらない。

これからも鈴蘭はきっと、周りの人間のために能力を使おうとするだろう。

自分のことなんて後回しにする人間だ。命を削ってもかまわないなんて、簡単に思いそうで怖い。

ふたりを守った鈴蘭の意志を尊重したいと思うのと同じくらい、俺のためだけに生きてほしいとも思った。

他のやつなんてもうどうでもいいと、いっそ見限ってほしい。

雪兎と百虎の妹に対しても……どうして守ってくれなかったと責めたい気持ちが込み上げて、自分の頭を押さえた。

違う、あいつらは悪くない。俺があの場にいなかったせいだ。

こんなふうに他人を責めても鈴蘭は悲しむだけだ。

全部わかっているのに……この憤りを、どうすればいい。

鈴蘭がいなくなるかもしれないという恐怖に、自分の感情さえもコントロールできなくなった。

……過去のことを考えても仕方がない。

それよりも、今後のこと。

対策を考えなければいけない。

もう絶対に……鈴蘭に能力は使わせない。

できる限り鈴蘭を危険な場所には近づかせずに、俺や周りのやつらにも警備を徹底させよう。

俺たちがピンチになれば、鈴蘭は動くだろうから。

　俺は鈴蘭だけは、失いたくない。

　もういっそ、このまま閉じ込めてしまいたい。

　そんなことを思った自分にハッとした。

　俺は鈴蘭には笑っていてほしいし、楽しく過ごしてほしい。今まで我慢してきたぶん、自由と幸せを感じてほしいと思っていたのに……まさかそれを、奪おうという思考になるなんて。

「ん……」

　自分自身に嫌気がさしたとき、鈴蘭が小さく身をよじった。

　しまった、起こしたか……？

　いや……起きてはない、か……。

「よあけ、さん……」

　眠っているはずの鈴蘭が、俺の名前を呼んだ。

　その表情が、ふわりと柔らかいものになる。

　小さな微笑みに、溢れた愛おしさは言葉にならなかった。

　鈴蘭……。

　好きだ。愛している。お前だけでいい。心の底からそう思ってる。

　……失いたく、ない。

　俺は寝室から出て、広間に向かった。

　まだいてくれればいいが……。

「黒須」

　間に合ったようで、広間には母親と黒須の姿が。

「夜明、敬称をつけなさい。呼び捨てで呼ぶなんて……」

「いいんですよ。坊ちゃんとは長い付き合いだし、孫のように思っているから」

　言葉通り、この人のことは俺も親戚のように思っている。

　ラフを使って父親の周辺の人間を調べた時、よからぬことを企む魔族がわんさかいた中、こいつだけは黒闇神家に忠誠を誓っていることがわかった。

　完全に味方だと信頼しているし、可愛がってもらったこともわかっている。

　もちろん偉い魔族だということも知ってはいるが、子供の頃からこの態度だ。今更直すほうが失礼だろう。

　……そんな話は、今はどうでもいい。

「さっきのこと……もう少し詳しく、聞かせてくれ」

　鈴蘭の能力について、聞きにきた。

　わからないことが多すぎて、知っておかなければ不安も解消できない。

「先ほどもお伝えしましたが……この能力は禁忌のため、能力の存在自体を隠されていたのです。わたくしも……詳細までは、知りません……」

　悔しそうに、視線を下げた黒須。

「お力になれず、申し訳ございません……ですが、知っている限りのことは、すべてお話いたします」

「……ああ、頼む」

　黒須の言うすべては、さっき説明を受けたことの補足程度の情報だった。

「能力の過剰行使で命を落としたという過去の女神は……
災害から民を守るために能力を使ったそうです」

　過去の女神について……聞かなければよかった。

　それを聞いたら、なおさら鈴蘭が同じ運命を辿(たど)りそうで
恐ろしくなった。

「今回、女神様がこのようなことになってしまって、坊ちゃ
んは不安でしょうが……悪いことばかりではないのです」

　なんだと……？

　何か対策があるのかと思い、期待して顔を上げる。

「能力が目覚めた女神は、特に受ける恩恵が強かったと言
われています。鈴蘭様は、女神の中でもさらに、優れた能
力の持ち主ということです」

　……なんだ、そんなことか。

「……どうでもいい」

　もとより、俺は鈴蘭の能力をあてになんかしていない。

「どうでもいいとは……罰当たりですよ、坊ちゃん」

　なんてことを言うんだとばかりに、俺を見ている黒須。

　ああ、うるさい……。

「女神の能力は、黒闇神家にとっても……」

「俺は女神の生まれ変わりだから、鈴蘭を選んだわけじゃ
ない……！」

　近くにあった机を、思わず叩いた。

　表面が割れて、粉々になって崩れていく。

「鈴蘭だから求めた。能力なんて必要ない」

　何が、幸せを呼ぶ女神だ。

　そんな肩書きがなくても、鈴蘭には価値があるというのに。

「鈴蘭には、俺のそばにいてくれること以外、何も望んでいない……」

　あの笑顔を見られたら、それだけで幸せなんだ。

　俺に初めて、幸せという感情を教えてくれた相手だ。

「いっそ……女神じゃなければ……」

「すべてを悲観的に考えるのはやめなさい」

　いつもの能天気な声とは違う、真面目な声で母親が俺を止めた。

「あたしだって、鈴蘭ちゃんに何も望んでいないわ。夜明を愛してくれる子が見つかっただけで、もうこれ以上ないほど幸せだと思ったから」

「……」

「でも、他の魔族は違う。鈴蘭ちゃんが女神の生まれ変わりだったからこそ、ふたりの婚約がすんなり認められたのよ。それに……鈴蘭ちゃんも喜んでいたわ。夜明の力になれるって」

　それ、は……。

　俺も、ちゃんとわかっている。

「そんな鈴蘭ちゃんの気持ちを、否定するようなことは言っちゃダメよ」

「……」

　母親の、言う通りだ……。

　少し、落ち着こう……俺も、冷静にならなければいけな

い。

　今は鈴蘭の今後のために、話をしにきたんだ。

　こんなことを言っても、何の解決にもならない。

　頭を押さえながら、大きく息を吐く。

　気休めにしかならないが、深呼吸をして心を落ち着かせた。

「……鈴蘭に、制御装置をつけたい。首輪式でもいいが、できれば時計か指輪がいい」

　能力を使わないとは約束したが、能力が開花したばかりの時は不安定なものだ。

　もしうっかり能力が発動して……なんてことが起きないように、念のための制御装置を用意する必要がある。

「どうして時計か指輪なの？」

「プレゼントとして渡したい。制御装置とは言わずに」

　ネックレスはもう渡したことがあって、鈴蘭はいつもそれをつけているから、さすがにふたつともつけろとは言えない。

　指輪も渡したことはあるが、指輪はふたつつけても問題ないだろう。

　腕にはなにもつけていないから、腕輪もいいかと思ったが、腕輪は少し違和感があるだろう。校内では目立つかもしれないし、腕につけるなら時計がいい。

「……隠す必要がある？　ちゃんと言ったらいいと思うわ」

「不安にさせたくない。鈴蘭自身、さっきの話を受け入れるのに時間がかかるだろう。制御装置をつけさせたら、ま

すます自分の能力はそれほど恐ろしいものなんだと思わせ
てしまう」

「……わかったわ。すぐに用意させる」

　納得してくれたのか、母親の返事に安堵した。

　制御装置があれば、少しは安心できる。

「わかっているとは思いますが……今、昼行性の動きが活
発になっています」

　黒須が、改めて現状を口にした。

「黒闇神家から女神を奪うには、婚約期間中の今しかない
と……」

　わかってる。今日の連中も、それが目的だったはずだ。

　鈴蘭に、自分たちについてくるか死かという選択を迫っ
たらしいが……鈴蘭が断ったから、強引に奪う作戦に出た
んだろう。

「正式にご入籍するまでは、特に注意してください」

　魔族の結婚は、人間同士の結婚よりも強固な契約だ。

　白神の一族ほどではないが、結婚さえすれば、俺から鈴
蘭を奪おうと躍起になっているやつらも少しは諦めがつく
だろう。

　今ほど直接的な攻撃はしてこないはずだ。

　できるなら今すぐにでも結婚してしまいたいが、俺はま
だ17で、黒闇神家は高校の卒業まで結婚できない決まり
がある。

　早くても、1年以上は先になってしまう。

「いっそ、学校に通うのもやめたほうがいいのかもしれな

いな……」

　鈴蘭の身の安全を保証するためには、最終手段はもう、安全な場所に隔離するしかない……。

　そんなことは、したくはないが……。

「学内は安全よ」

　呑気な母親の発言に、思わず鼻で笑ってしまった。

「安全？　この結果でよくそんなことが言えたな」

　もう今日の事件を忘れたのか？

　鈴蘭は眠っているが、きっと今も痛みと戦っている。

「今回は、一応学外での事件で……」

「関係ない。学校関係者のことはもう信用できない」

「夜明……落ち着きなさい」

　また俺を宥めるように言ってきた母親。

「落ち着いていられると思うか？」

「あなたが取り乱してどうするの」

「……」

「一番不安なのは鈴蘭ちゃんよ。こういう時こそ、冷静でいなさい」

　何も言い返せずに、ただ視線をさげた。

　俺だって……わかっている……。

「鈴蘭ちゃんのことは、あたしたちも全力で守るわ。だからふたりは堂々としていなさい。弱みを見せたらやつらの思う壺よ」

「……」

　母親の言葉が、なぜかとても難しいことのように思えた。

　鈴蘭……すまない。

　きっと、今まで通りではいられなくなる。

　俺は前以上に鈴蘭を縛って、行動を制限してしまうかもしれない。

　籠の中に閉じ込めるように。

　そして……せめて昼行性の反乱が落ち着くまでは……できる限り鈴蘭を外に出さないようにしよう。

　心配をかけないように、鈴蘭にはあまり内情の話もせず、以前よりもさらに穏やかな環境を作るために徹底する。

　鈴蘭は……何も考えなくていい。

　ただ俺のそばで、笑っていてくれ。

　絶対に、鈴蘭を離しはしない。

行き場のない怒り

【side 竜牙】

「みんなもよかったら泊まっていってね」

　部屋を出て、私たちは奥様に客間に案内された。

　今日は合宿で学園が閉鎖されているから、お言葉に甘えさせてもらう。

　食事まで用意していただいたが、食欲がわかなかった。部屋には、不気味なくらいの静寂が流れている。

　ムードメーカーの百虎も、今は言葉が出てこないみたいだ。

　女神の、真の能力……。

　まさか……鈴蘭様が、そんな危うい能力を持っているなんて……。

『魔力のない女神の生まれ変わりが、能力を発動するときに消費するのは……自らの命です』

　恐ろしすぎる黒須様の発言が、頭から離れない。

　最初は信じられなかったが、鈴蘭様の、あの辛そうな真っ青な表情が……黒須様の発言が真実だと物語っていた。

　私は鈴蘭様が能力を使ったところを見ていないが……今日の能力の行使で、一体どれだけ命が削られたんだろう。

　いつも笑顔を絶やさない鈴蘭様が、隠しきれないほど苦しそうにしていた。

　どうして、こんなことに……。

　美虎様が、スプーンを置いた音がした。

「……鈴蘭……」

　出された料理にはまだひと口も手をつけていない。美虎
様だけじゃなく、ここにいる誰も。

「俺のせいで……」

　雪兎も苦しそうに唸っていて、百虎が慌てたように笑顔
を顔に貼り付けた。

「ふたりとも、気負わないで……」

「……」

「ふたりが悪いわけじゃないんだから」

　ここは私もフォローしてあげるべきなんだろうが、そこ
までの余裕はなかった。

　正直、自分の妹だからと言ってよくそんな優しい言葉を
投げられるなと思う。

　それに、慰められても逆効果だろう。

「やめろ……」

　実際、雪兎は耳を塞いで、苦しそうに俯いている。

　今の雪兎の気持ちを考えると、慰められるほうが責めら
れている気分になるはずだ。

　私は慰める気なんて毛頭ないから、何も口にしない。

　百虎ほどできた人間ではないから、気を緩めたらふたり
を責め立ててしまいそうだった。

　学年が違う私たちは、どうしても鈴蘭様のそばにはいら
れない。

　だから、ふたりに鈴蘭様を頼んだ。

　なのに……どうしてふたりもいながら……あんなことに
なったんだ。

　びくりと、美虎様が肩を震わせた。きっと私の心の声が
聞こえたんだろう。

　別に聞こえてもかまわない。いっそ今は隠す気もなかっ
た。

「あたしが……」

　美虎様は瞳いっぱいに涙をためながら、ぽつりぽつりと
話し出す。

「虫がいるから……みんなと同じ道を通りたくないって、
わがままを言ったから……鈴蘭は優しいから……別の道で
帰ろうって、提案してくれて……」

「違う……急に雨が降ってきた時点で、俺が違和感に気づ
くべきだった」

　詳しいことはわからないが、その話を聞くところ、相手
は鈴蘭様だけじゃなく、雪兎と美虎様のことも調べていた
らしい。

「しかも、あんな鼠取りみたいな小屋に……のこのこ入っ
て……俺があいつを危険な目に遭わせた……」

　おびきよせるだしに使われたと……そして、まんまと
引っかかったということか。

「あいつを守らなきゃいけなかったのに……俺が……守ら
れた……」

　私は雪兎を見て、ゆっくりと口を開いた。

「悔やんでも、起こった事実は変えられません」

「……」

　ふたりが、悔しそうに下唇を噛み締めた。

「竜牙くん、やめて」

「百虎だって内心は、ふたりもいて何をやっているんだと思っているでしょう」

「思ってない。しかも、ふたりをそんなふうに責めることを、鈴ちゃんが望んでいると思う？」

「望んでいるとか望んでいないとか、そんなことは関係ありますか？」

　鈴蘭様が思うか思わないかという話じゃない。論点をずらすな。

　今は、どうして鈴蘭様がこんな目に遭わなければいけなかったのかの話をしている。

「やめろ、竜牙」

　夜明の声に、ハッと我にかえる。

いたのか……。

「鈴蘭様はどうしたんですか？」

　彼女を置いて、何をのこのここんなところに来ている。

　寝室に置いてきたのか？

「眠った。今は使用人に見張らせている」

「夜明、さん……」

　雪兎が、夜明を見て立ち上がった。

「すみませんでした……っ」

　その場にしゃがみこみ、土下座をしている雪兎。

「顔を上げろ」

　冷静だと思った夜明の声は、かすかに怒りを含んでいる。

　それでも、感情的になってはいけないと思っているのか、必死に平静を取り繕っているように見えた。

「仲間内で責任を押し付け合うつもりはない。ただ……今度同じようなことがあれば、鈴蘭は退学させるつもりだ」

　それは遠回しに、鈴蘭様と会えなくなると思えという忠告に聞こえた。

「今日起こったこと、敵の特徴について、洗いざらいすべて話せ。事件が起こる前からすべてだ」

　わざわざ出向くなんてなんの用だと思ったが、話を聞きにきたのか……。

　一応ふたりは黒闇神家の取り調べを受けていて、調査員には話してあるが、夜明はふたりの口から正確な話を聞きたいらしい。

　夜明に言われた通り、ふたりは合宿で何があったのかを一から十まで説明した。

「……わかった。調査を進める」

　息を吐いた夜明の瞳には、激しい怒りが見えた。

「今後は鈴蘭の護衛と、自らの身も守るように。今まで以上に注意しろ。鈴蘭が……あんな能力を使わなくて済むように」

「はい……必ず」

　雪兎は返事をして、美虎様は深く頷いた。

「……わかったならいい。各自今日はゆっくり休め」

「報告に行くのなら、私も同席します」

　立ち上がって、部屋を出ていこうとした夜明についていく。

　廊下を歩きながら、夜明の背中を見た。

　さっき……理由を聞いて雪兎と美虎様にキレると思ったが、夜明は顔色ひとつ変えず報告を聞いていた。

　私は美虎様が虫程度に駄々をこねはじめたところから苛立って仕方がなかったから、夜明の様子は予想外だった。

「大人になりましたね」

「……あのふたりを責めたところで、どうにもならない」

　たしかに、そんなことは私もわかっている。

　それでも、彼女を失うかもしれないという恐怖を、どこかにぶつけなければ正気を保てなくなりそうだった。

　言ってしまえば、ただの八つ当たりだ。

「それに……守れなかったのは俺だ。あいつらにまかせるのではなく、俺がもっと強くならなければいけない」

　ふたりではなく自分自身を責めている夜明と自分を比較して情けなくなった。

「……私も、感情的になりすぎました。申し訳ございません」

　子供なのは、私のほうだ……。

　雪兎と美虎様だって、ふたりなりに鈴蘭様を救おうとしたはずだ。それなのに、結果だけを見てふたりを責め立てて、鈴蘭様がこんなことになった理由をすべてふたりに押し付けようとした。

　……事前に気づけなかった自分にも、大いに責任がある

というのに。

「明日……ふたりにも謝罪します」

　私の発言に、夜明がぴたりと足を止めた。

「……どうしたんですか？」

「……お前、そんなやつだったか？」

「はい？」

　何やら私の目をじっと見て、疑うように目を細めている夜明。

「いつも何を考えてるかわからないような、死んだ目をしてたくせに……」

　どうやら、私が柄にもなく感情的になっていることを指摘したいらしい。

　たしかに、以前までの私なら、こんなふうに怒りをあらわにしたり、反省したり、感情をむき出しにすることはなかった。

「鈴蘭様のおかげですかね」

　そう言ってにっこりと微笑んでみせると、夜明は不満そうに眉間にしわを寄せる。

「……冗談はよせ」

　冗談……ではないが、これ以上は何も言わないでおこう。

　わざわざ……夜明の逆鱗に触れるような命知らずではないから。

　今は眠っているという鈴蘭様を心配しながら、夜明とふたりで再び歩き始めた。

封印

　意識が戻って、ゆっくりと目を開ける。

　目の前には、夜明さんの寝顔があった。

　気持ちよさそうに眠ってる……ふふっ。

　可愛くて、愛おしくて、ずっと見ていたい寝顔。

　じっと見つめていると、さっきの夜明さんの表情を思い出した。

　私の能力のことを聞いて……泣きそうな、苦しそうな顔をしていた。

　あんな顔、させたくなかったのに……。

　でも、大丈夫……もうあんな顔をさせないように、この能力を使わなければいいんだ。

　封印すれば、これからも夜明さんと、ずっと一緒にいられる。

　夜明さんをひとりになんてさせない……。

　誓いを込めて、夜明さんを抱きしめた。

　すると、びくりと大きく動いた夜明さんの体。

　起こしてしまったかなと思って顔を見ると、目をつむったままだった。

　ん……？　もしかして……。

「夜明さん……起きてますか……？」

「……バレたか」

　や、やっぱりっ……。

　ぱちっと目を開けて、残念そうに呟いた夜明さん。

　い、いったいいつから起きてたんだろうっ……。

　腕を解こうとすると、それを止めるように手を握られた。

「もう少し、そうしてくれ」

　抱きしめてってことかな……？

「はいっ……」

　そんなの、いくらでも……。

「鈴蘭の体温が、一番安心する」

　温もりを求めるように、身を寄せてくる夜明さんが可愛くて笑みが溢れる。

「私もそう思ってました」

「そうか……」

　嬉しそうなのに、切なそうな声色。

　夜明さん……やっぱりさっきのことで、すごく不安になっているかもしれない。

　不安を取り除いてあげたいけど、なんて言ってあげたらいいのかわからなかった。

　私が原因だからこそ、罪悪感が生まれる。

「俺も、もっと強く抱きしめてもいいか」

「はい……」

　頷くと、夜明さんは言葉通り強く抱きしめてきた。

　少し苦しいけど、愛の重みだと思うと嬉しくて、複雑な気持ちだ。

　とにかく今は……夜明さんを安心させてあげたい。

　そっと、夜明さんの頭を撫でた。いつも夜明さんがして

くれるみたいに、優しく。

「夜明さん、私はいなくなったりしませんよ。大丈夫です」

　大きな体が、びくりと反応したのがわかる。

「私自身が一番、夜明さんのそばにいたいと思っているんですから。この先、私がこんなふうに抱きしめて眠るのも、夜明さんだけです」

　きっと何度大丈夫と言っても、夜明さんの不安は取り除けないだろうから……せめて私にできる約束をしよう。

「ああ」

　夜明さんの声が、少しだけ柔らかくなった気がした。

　強く抱きしめあったまま、私たちは眠りについた。

　次の日、目が覚めて夜明さんとリビングである大広間に行くと、入ってすぐに美虎ちゃんたちの姿が見えた。

　百虎さん竜牙さん、雪兎くんの姿も。

「鈴蘭……！」

　美虎ちゃんがすぐに駆け寄ってきてくれて、ぎゅっと抱きしめられる。

　すぐに雪兎くんも駆け寄ってきてくれて、ふたりとも泣きそうな顔で私を見ている。

「悪かった……お前のこと、守れなくて……」

「……あたしのせいで、あんな怖い目に遭わせて、ごめんね……っ……」

　ふたりの表情を見て謝られることは覚悟していたけど、胸が痛む。

「謝らないで……！ もとはといえば、狙われてたのは私だから……巻き込んで本当にごめんね……」

　いつもそうだ。私に何かあった時、全部私が悪いのに、ふたりは自分たちの責任かのように謝っている。

　謝罪させてしまう状況を作ったことが、ただただ申し訳ない。

「違う、俺たちがおびきよせられたんだ。ダシにされたのは俺たちだし……」

「そう……あたしがわがまま言わなかったら、こんなことには……」

　私はそれ以上ふたりが何も言わないように、そっとふたりの頭に手を添えた。

「ううん、ほんとに違うよ。ふたりは何も悪くないから」

　どうか自分を責めないで。

「それに、ふたりこそ……自分を犠牲にしてまで私のことを、助けようとしてくれたでしょ？」

　雪兎くんが私を必死に止めてくれたことも、美虎ちゃんが小屋から脱出しようともがいてくれたことも、全部感謝してるんだ。

　そんなふうに、私を思ってくれるふたりだから……私も守りたいって思った。

　みんなはどう思っているかわからないけど、私はこの力に感謝している。

「ふたりが無事で、本当によかった……」

　微笑むと、ふたりは私を見て目を見開いていた。

ん……？

「ふたりとも、どうしたの……？」

「……う、ううんっ……」

　気まずそうに、私から目を逸らしたふたり。

「鈴蘭……俺が言える立場じゃないけど、これからは何があっても、その能力は使わないでくれ」

　改まったように、雪兎くんが訴えてきた。

「使うような状況にならないように、俺たちが絶対守るから……昨日は、守れなかった、けど……」

　だんだん自信を失うみたいに、声が小さくなっていく雪兎くん。

「ううん、ふたりはいつも頼もしいよ。ありがとうっ」

　感謝の気持ちを伝えた私を見て、ふたりはまた目を見開いていた。

「鈴蘭……やっぱり、女神の風格が……」

「え？」

「……う、ううん……何もない……」

　気まずそうなふたりに首をかしげた時、今度は百虎さんと竜牙さんが歩み寄ってきてくれた。

「鈴ちゃん、おはよう」

「おはようございます、鈴蘭様。昨日はよく眠れましたか？」

「ふたりとも、おはようございます！　はい！　ぐっすり眠れました……！　体調ももうばっちりです！」

「鈴蘭、無理はするな、こっちに来い」

　優しく私の手を引いて、ソファに座らせてくれた夜明さ

ん。

「鈴蘭、今回の件、相手の調査が終わるまで……鈴蘭はここで過ごしてもらうことになった」

　え……？

「学校をお休みするってことですか？」

「ああ。できるだけ急いで調査を進めているが……学内にも敵が潜んでいるかもしれない以上、通わせるのは危険だと判断した」

　そっか……今回、合宿で襲ってきた犯人たちが何者かわからない以上、学校も危険だよね……。

「もちろん、俺もここで過ごす。1、2週間もあれば調査も終わるだろうから、安心しろ」

　てっきり離れ離れになるかと思ったけれど、夜明さんがいるということに安心する。

　一緒にいられてよかった……で、でも、夜明さんまで欠席させてしまうってことだ……素直に喜べないな……。

「鈴蘭……学校に来ない……」

　美虎ちゃんが、寂しそうに耳を垂れ下げている。

　か、かわいいっ……。

「その調査が終わったら、すぐに連絡するね……！」

　抱きついてくる美虎ちゃんがかわいくて、ぎゅっと抱きしめた。

「うん……待ってる……」

「俺たちも、遊びに来てもいい？」

「サボるなよ」

「夜明には言われたくないなぁ」

　最近は学校が大好きだったから、寂しいけど……調査が終わるまでの我慢。

　それに、夜明さんもいてくれるんだから……早く犯人が見つかるのを祈ろう。

　平穏が戻ってきますように……。

隣に立つべき者

【side 夜明】

　学校を休み、鈴蘭と実家で過ごすようになってから３日が経った。

　その間、俺は伝手を使って鈴蘭の能力について調べていた。

　人間が魔力を使うなんて話は、わかっていたがどこにも文献が残っていない。

　相手に怪しまれては困るため、迂闊に聞くこともできないから、慎重に調査を進めている。

　もちろん……。

「調査は進んでいるか？」

　鈴蘭を襲った反乱軍についての調査も並行している。

『今のところは難航している状況です……とらえられた昼行性のやつらが、口を割らないので』

　鈴蘭が眠ったあとに竜牙に電話をすると、望んでいない答えが返ってくる。

「生ぬるい事情聴取をしているからじゃないのか。徹底的に吐かせろ」

　多少……いや、とりあえず死なない程度に痛めつければいい。

　本当は鈴蘭をねらったやつらの命なんてどうでもいいが、今はすべての情報を吐いてもらう必要がある。

　やつらの処分方法を考えるのは、その後だ。

「それにしても……とらえたやつらは全員昼行性（ダイアーナル）だったのか？」

『一応、捕らえた魔族は昼行性（ダイアーナル）だと報告を貰っています』

「そうか……」

『それと……前回の事件とは関係ないのですが、ひとつだけ気になる情報を入手しました』

「なんだ」

『萠生（あざみ）様の婚約者ですが……過去、白神ルイスの婚約者だったそうです』

　……なんだと？

　白神の元婚約者……？

「白神は婚約者がいたのか？」

『いえ、正式ではありません。もともと白神は女神の生まれ変わりを探していた。ただ……女神の生まれ変わりが見つからなければ、彼女が白神の妻になる予定だったそうです。親同士が決めていたと』

　親同士が勝手に決めるなんていうのは、よくある話だ。

『かりそめの婚約相手だったのかもしれませんが……そんないいかげんな婚約を受け入れるほど、相手は白神に好意を寄せていたということでしょうね』

「……」

『白神が鈴蘭様と婚約を発表して、すぐにその婚約を破棄されたと聞きました』

　おかしい。辻褄が合わない。白神が鈴蘭を婚約者に選ん

だのは、ほんの数ヶ月前のこと。

「莇生は、今の婚約者と学生の頃から交際していたと聞いたぞ……」

『はい。私もそれが引っかかって調べましたが、莇生様が彼女に相当惚れ込んでいるらしく……強引に迫っていたのではないかと。莇生様と彼女もまた、仮のお付き合いをされていたのでは？　よくある話でしょう。白神に捨てられた彼女を莇生様が支えて、彼女も莇生様に情が移って、この度めでたく結ばれたと』

　婚約破棄された瞬間に、莇生に乗り換えたということか……？

「おい……その話が本当なら、正式な交際期間も、数ヶ月程度じゃないか。そんな短期間の交際で、しかも相手の都合で結婚なんて……どう考えても騙されてるだろ」

『……なんとも言えませんね』

　竜牙は返事をはぐらかしたが、肯定しているも同然だ。

　莇生は昔から、騙されやすいところがあるからな……。

　莇生の婚約者が、白神の元婚約者とは……。

『今わかっているのは、このくらいですかね』

「……ひとまずわかった。また何か情報がわかり次第連絡してくれ」

　そう言って、電話を切った。

　明日、捕らえた昼行性（ダイアーナル）の事情聴取に俺も参加しよう。

　危険だから近づくなと言われていたが、まかせていたらいつになるかわからない。

　早く、敵の本質を突き止めないと……。

　苛立って舌打ちをした時、握りしめたままのスマホが震えた。

　電話……？

　竜牙が何か言い忘れてかけ直してきたのかと思ったが、表示されたのは非通知という文字だった。

　俺の番号を知っているのは、限られた魔族だけ。

　わざわざ非通知でかけてくるなんて、緊急の用事か、もしくは……人前では話せないような要件か……？

　それとも、反乱軍……昼行性の奴が正体がバレないように、かけてきたか。

　すぐに通話を繋いで、相手の第一声を待った。

【Ⅶ】守るために

忙しそうな夜明さん

「ふぅ……」

　一冊の本を読み終えて、息を吐く。

　今回の小説もとても面白かった……夜明さんにもおすすめしよう。

　でも、夜明さんは読書をする暇もなさそうだな……。

　夜明さんのご実家にお世話になり始めて、１週間が経った。

　最近夜明さんは忙しそうにしていて、眠る時とお食事の時間以外は、別の部屋にいることが多い。

　私は学校の勉強をしたり、今みたいにおうちの書庫で本を読ませてもらったり、お母さんが一緒に過ごしてくれたりするおかげで楽しく過ごしているけど……調査がうまく進んでいるのかどうかはわからなかった。

　それに、一昨日からお母さんもお仕事で家を空けていて、お父さんも滅多に家にいない。

　みんな忙しそうで、私だけ何もしないでいいのかなと不安になった。

「鈴蘭、広間に行こう。百虎たちが来ているらしい」

「え……ほんとですかっ……！」

　部屋に戻ってきた夜明さんの言葉に、私は急いで立ち上がった。

「そんなに慌てなくていい」

　はしゃいでいる私を見て、夜明さんは嬉しそうに笑っている。

　今日は夜明さんも一緒にいてくれるのか、ふたりで広間に向かう。

「鈴ちゃん、久しぶり」

　広間に行くと、百虎さんと竜牙さん、そして美虎ちゃんと雪兎くんの姿もあった。

「おひさしぶりですっ……！」

　みんなに会えて、嬉しいっ……。

「鈴蘭……！」

「わっ……ふふっ、美虎ちゃん、来てくれてありがとうっ」

　抱きついてきた美虎ちゃんを受け止める。ふふっ、美虎ちゃんは今日もとっても可愛い。

「元気そうだな……」

「雪兎くんも、心配してくれてありがとうっ」

「べ、別に、心配なんかしてねーし……」

「雪兎ってば、鈴ちゃんから連絡来ないかってずっとそわそわしてたんだよ」

「し、してねーよ！　余計なこと言うな……！」

　顔を真っ赤にして反論している雪兎くんに、嬉しくて笑顔が溢れた。

　雪兎くん、そんなに心配してくれてたんだ……ふふっ。

「雪兎くん、毎日授業の範囲とノートの画像を送ってくれてありがとう」

「べ、別に……お前のためじゃないし……」

「雪兎、久しぶりに会ったからってツンデレ発動しすぎだよ」

「だ、だから黙れ……！」

　元気なみんなの姿を見て、私もほっとした。

「私は数日ぶりですね、鈴蘭様。本日もお元気そうで安心しました」

　竜牙さんは、定期的に夜明さんと話をしにきているのか、数日に一度は会っていた。

「今日は一日中ひっついてる……」

「ふふっ、今日は休日だもんね。私も、みんなとたくさんお話ししたいっ……」

「あたしは鈴蘭とだけでいい……」

　美虎ちゃんは相当寂しかったのか、言葉通り私にしがみついていた。

　懐いてくれているのが嬉しくて、そのまま隣同士でソファに座った。

　お手伝いさんが用意してくださったお茶やお菓子が並んだテーブルを、みんなで囲む。

　最近の話をして盛り上がっていると、夜明さんの端末に連絡が入った。

「……悪い、電話してくる」

　夜明さん、やっぱり今日も忙しそう……。

　調査のことかな……？

「鈴ちゃん、合宿以降は何もない？」

「あ、はいっ……！」

　百虎さんの質問に大きく頷くと、「そっか……」と安心したように微笑んでくれた。

「この家にいれば安全だとは思うけど……気をつけろよ」

「くれぐれも警戒は怠らないでください」

「はい……！　あの、みなさんの周辺も、大丈夫ですか？」

「うん、俺たちは何もないよ」

　よかった……。

「こいつが鈴蘭がいないからって、昨日サボってたくらい」

　え……？　み、美虎ちゃんが、サボってたっ……？

「ち、ちがっ……サボってない……そんなことしない……」

　必死に否定している美虎ちゃんと、呆れたようにため息をついている雪兎くん。

　し、真偽はわからないけど……ふたりとも、前よりも仲良くなっているような気がする。

　こう、さらに息があってるというか……阿吽の呼吸で会話しているような気がした。

「鈴蘭には……別のものが見えてるのかもしれない……」

「え？」

「何もない……」

　美虎ちゃんの言葉に首をかしげる。

「早くふたりとも、学校に戻ってこれるといいね。調査が終わり次第って感じか……」

「調査については私も全然わからなくて……それに、最近夜明さんすごく忙しそうな気がするんです……」

　心配に思っていたことを口に出すと、竜牙さんがにっこりと微笑んだ。

「いつも通りなので、ご心配はいりません。あれでも一応黒闇神家の次期当主ですので、今のように家業で忙しくしている時もたまにあるんですよ。たまに」

　たまにを強調した竜牙さんに、苦笑いが溢れた。

　百虎さんも、「竜牙くん今日は一段と鋭いね」と笑っている。

「……鈴蘭の前で俺の愚痴を吐くとはいい度胸だな」

　あ……夜明さん……！

「電話は終わったんですか？」

「ああ。親父からだ。今日はふたりとも帰ってくるらしい」

　ふたりともというのは、お父さんとお母さんのことだろう。

「お母さんとお父さんとお会いできるの、嬉しいです」

　ふたりも、ここ数日顔を見れていなかったから……。

「あいつらが聞いたら喜ぶ」

「そういえば、夜伊さん、鈴ちゃんのこと気に入ってるんだね。この前びっくりしたよ」

　百虎さんが言っている夜伊というのは、夜明さんのお母さんのこと。

「びっくり……？」

　って、どういう意味だろう？

「夜伊さんって、すごくクールな印象だったから……鈴ちゃんにはあんなにデレデレなんだって思って」

　お母さんがクールな印象……？　私には、そっちのほうがびっくりだ。

　出会ってからずっと、すごく明るくて優しい人。

「それに、無礼な人には徹底的に冷たいし、あんまり人をかわいがるイメージなかったから……って、失礼だね」

　私の中のお母さんのイメージと違いすぎて、本当にお母さんのことを言っているのか疑うレベルだった。

「それ……本当に夜明さんのお母さんですか？」

「もちろん」

「そうですね。奥様をずっと見てきた私からすると、鈴蘭様の前でのお姿のほうが特殊です」

　竜牙さんに言われて、私の認識のほうがずれていたんだと気づいた。

「そ、そうだったんですね……」

「鈴ちゃんがいい子だから、かわいがりたくなるんだろうね。俺もその気持ちはわかる」

　そんなことはないと思うけど、そうだったら嬉しいな。お母さんがかわいがってくれているのは事実だから。

　微笑み返すと、百虎さんは私の隣を見て苦笑いしていた。

「はいはい、睨（にら）まないで」

「……お前こそ、鈴蘭にかわいいという言葉を使うなと何度言えばわかるんだ」

「かわいいものはかわいいんだから仕方ないでしょ」

「俺の婚約者だ」

「はぁ……妹みたいな意味だって、夜明のほうこそ何度言

えばわかるの」

　ため息をついた百虎さんに、私もあははと再び苦笑いした。

　夕方になってみんなが帰って、夜明さんとふたりでゆっくりしていた。

「昨日読んだ小説がとても面白かったんです。１日で読み終わってしまって……」

「そんなに没頭していたのか。ぜひ俺にも読ませてくれ」

　こんなふうにたわいもない会話をするのは、久しぶりかもしれない。

　それくらい、最近の夜明さんは多忙だったし……夜はいつも一緒に眠っているけど、休みを取れているか心配だ。

　調査がどんな状況か、聞いてみようかな……。

　そう思った時、広間の扉が開いた。

「あ、この前ぶりだね……！」

　彼は……莇生さんだ……。

　夜明さんのいとこの方で、今度披露宴を開くと言っていた方。

「合宿の件、聞いたよ……大丈夫だった？」

　彼にも話が伝わっていたのか、心配そうに聞いてくれた莇生さん。

「はい！　もう回復しました！」

「そっか……君は強いね」

　これが強いのかどうかはわからないけど……夜明さんの

婚約者として、もっと強くならなきゃいけないとは思う。

　私はまだまだ、守ってもらってばかりだから。

　能力が開花して、ようやく私もみんなを守れると思ったけど……その能力も禁忌のものだから、結局使えないことになった。物理的に強くなるのは限界があるから、せめて精神的に強くなりたいと思う。

「僕に何かできることがあったら言ってね。親戚になるんだから」

　莇生さんの優しい言葉に、「ありがとうございます」と返事をした。

「おい、俺の鈴蘭に馴れ馴れしくするな」

　後ろから伸びてきた夜明さんの腕が、私の肩に並ぶ。

「夜明がそんなこと言うなんて……恋は盲目だねぇ」

「黙れ」

　莇生さんを睨んだあと、夜明さんはそっと私の背中に手を添えた。

「鈴蘭、少し部屋で待っていてくれ。莇生と話があるんだ」

「はい、わかりました」

　私は言われるがまま、部屋に戻って夜明さんを待つことにした。

　私は聞かないほうがいいお話なんだろうな……気になるけど、わがままを言って困らせたくない。

　夜明さんは……きっと私に何か隠してる。

　というより、隠そうとしているんだと思う。

　今までは、何かあっても私に伝えてくれたけど、最近は

はぐらかされることが多くなった。

　私の能力が目覚めてからだ。

　きっと必死に私を守ろうとしてくれてるんだってことは
わかる。

　だけど私は……できるなら、守られてばかりじゃなくて、
夜明さんを支えられるような人になりたかった。

　守られてばかりでは、負担になってしまうから。

　それに、夜明さんのお父さんとお母さんは、お互いに支
え合い、助け合っている。

　ふたりは私の理想で、私もお母さんのような人になりた
かった。

　この能力に、こんな代償がなければ……私も夜明さんの
支えになれたのかな。

　せっかく婚約会見を開いて、堂々と夜明さんの隣を歩け
るように頑張ろうと思っていたのに、これでは支えるばか
りか足枷になっている。

　私はまだまだ……夜明さんの婚約者に、ふさわしくない。

婚約者

【side 夜明】

　鈴蘭を部屋に行かせて、俺は茹生と応接間に向かった。

　中に入ると、今帰ってきたのか母親の姿があった。

「叔母(おば)さん、この前ぶりです」

「茹生ちゃん、忙しいのに来てくれてありがとう」

　今日、茹生をこの家に呼び出したのは俺だ。

　白神から情報を貰い、茹生と話し合う必要があると思っていた。

「それで、今日俺を呼び出したのはどうして？」

「話がある。披露宴についてだ。まず、現状から説明する」

　俺はソファに座り、早速本題に入った。

「黒闇神家全体が狙われている……？」

「ああ」

　調査の結果、少しずつだが全貌が見えてきた。

「相手の狙いは、厳密には鈴蘭……女神の生まれ変わりではなく……女神の生まれ変わりを使って、黒闇神家を潰(つぶ)すことだ」

　さらに、最後はそのまま鈴蘭を自分の婚約者にして、黒闇神家の崩壊と自らの権力保持を狙っているらしい。

　黒闇神家を壊滅させようとしていることは、百歩譲って許してやる。

　だが……俺から鈴蘭を奪おうとしていること、そして鈴蘭を自分のものにするなんてバカなことを思っている相手のボスとやらに、全身が怒りで支配されそうになった。

　想像だけでも、鈴蘭を汚すやつは許さない。

　俺から鈴蘭を奪おうなんて考えたことを、生涯後悔させてやろう。

「まあ、そうだよね……女神の生まれ変わりとの婚約発表をしたんだし……昼行性が黒闇神家を狙うなら今か」

　茆生の言う通りだ。

　そして……黒闇神家を狙う、絶好の機会が間近に迫っている。

「お前の披露宴も、やつらは必ず奇襲をしかけてくるだろう」

　やつらにとって、これほどのチャンスはない。

「そんなに危険な状況なら……披露宴は延期したほうがいいのかな……」

　悩むように、視線を下げた茆生。

「彼女のお母さんのことがあったから、一刻も早く結婚をしたいと思っていたけど……命を危険に晒したら、元も子もないもんね」

「いや、このまま強行しようと思っている」

「え？」

「披露宴を利用して、やつらを捕まえる」

　俺の言葉に、茆生は驚いたように目を見開いた。

　茆生を呼んだのは、披露宴を取りやめるように説得する

ためではない。

　この作戦に、協力を求めるためだった。

「披露宴さえすれば、式もあげられるだろ。正式な祝いは
そっちでしてくれ」

「まあ……結婚式をするから、彼女の両親は披露宴には呼
ばないつもりだったけど……一応彼女もいるし、危険な目
には遭わせたくない」

「お前と相手のこと、そして参列者は必ず守る。そして、
反乱を起こしている昼行性も取り押さえる」

　披露宴で——すべてを終わらせる。

「力を貸してくれ」

　こいつに頼み事をするのは生まれて初めてだ。

「本当に……俺の彼女の身の安全を保証してくれる？　約
束できる？」

「ああ、約束する」

　莇生は悩むように黙り込んだあと、ゆっくりと首を縦に
振ってくれた。

「わかった。それじゃあ、披露宴は予定通り進めるよ」

「……助かる」

　一番最初の難関であった莇生の説得は、これでクリアだ。

　あとは……披露宴に向けて、いろいろと準備する必要が
ある。

「莇生ちゃん、ありがとう」

「いえ、ふたりのことは信用してますから。それに、俺は
夜行性と昼行性が争うのは見たくありませんから……この

争いが落ち着くことを願っています」

「そうよね。莇生ちゃんの婚約者は昼行性（ダイアーナル）だものね」

「はい……いつかきっと夜行性（ノクターナル）と昼行性（ダイアーナル）がわかりあえる日が来ると信じています。俺と彼女みたいに」

　莇生の話し方からして、相当その婚約者に惚れ込んでいるのだろうとわかった。

「……なあ、莇生」

　言うべきか悩んだ末に、口を開いた。

「披露宴の前に、俺にも一度相手に会わせてくれ」

「え？　もちろんいいけど……」

　俺を見る莇生の表情から、笑顔が消える。

「まさか……俺の彼女を疑ってないよね？」

　何を言っても嘘になる気がして、ただじっと視線を返す。

「お前の婚約者は……白神ルイスの元婚約者だと聞いた」

「もしかして……この件に、白神も関わってるって言いたいの？」

「……」

「婚約の件については……正式には違うよ。ただ……女神の生まれ変わりが見つからなければ、彼女が白神の妻になる予定だったっていう話は、聞いたことがある」

　それは、竜牙に聞いた話だ。

「とにかく、一度会わせてくれ」

「彼女を疑っているなら、会わせないよ」

　莇生は、貫くような目で俺を見た。

「ずっと好きだったんだ。そんな相手と婚約できて、俺は

すごく幸せだし、彼女にもそう思ってほしい。もし彼女が、
相手の親戚に疑われてるって思ったら……傷つくに決まっ
てる」

「……」

　返ってきた正論に、否定ができない。

　確かに俺が同じ立場でも、鈴蘭には絶対に会わせないだ
ろう。

「昼行性^{ダイアーナル}だからって、彼女は政治家系でもないし、派閥^{はばつ}も
気にしていないよ。夜明が心配するようなことはないから」

「……そうか。すまなかった」

　これ以上の説得は無駄だろうと思い、莇生にこの話をす
るのはやめた。

「お前が選んだことなら、祝福する」

「……うん。ありがとう。彼女の疑いがはれるなら、会う
機会を作るよ」

　その表情に笑顔が戻ったのを確認して、俺は今後の反乱
軍への対応についての話を進めた。

　莇生が帰って、鈴蘭の元に向かう。

　幸い、披露宴での作戦については受け入れてもらえてよ
かった。

　あとはこっちで、どうにでもできる。

　それにしても……結構時間がかかってしまったな……鈴
蘭がお腹を空かせて待っているだろう……。

　最近、鈴蘭と過ごす時間が少ない。調査の件で忙しくし

ていたから仕方ないのはわかっているが……寂しい思いを
させてしまっているだろう。

　俺自身も、鈴蘭との時間が足りていなかった。

　その上……これから"さらに"鈴蘭との時間が減ると思
うと、ため息が止まらない。

　披露宴が終わったら……1週間は休みが必要だ。ただた
だ鈴蘭とふたりで過ごす時間が。

　部屋の扉を開けると、勉強していたのか参考書を広げて
机に向かっている鈴蘭の姿があった。

「夜明さん……！」

　俺に気づいて、笑顔で駆け寄ってくる鈴蘭。

　俺にとって、唯一の癒やし。

「待たせて悪かった。もう母親と父親も帰ってきている。
広間に行って食事にしよう」

　こくこくと頷く鈴蘭が可愛すぎて、力を込めて抱きしめ
た。

　はぁ……食事なんかいらないから、ずっとこうしていた
い。

　今から鈴蘭に"話さなければいけないこと"を想像する
だけで、気が重かった。

　母親と父親と、4人でテーブルを囲む。

　鈴蘭は今日も美味しそうに食べていて、見ているだけで
心が満たされた。

「鈴蘭ちゃん、今日はずいぶん嬉しそうね」

「久しぶりにふたりに会えると、今朝から楽しみにしていた」

　俺の言葉に、目を輝かせた母親。

「まあ……！　鈴蘭ちゃんったらほんとにかわいい……！夜明はそんなこと一度も言ってくれなかったわ〜」

　言うわけがないだろ……。

「それにしても、数日家を開けてしまってごめんなさいね。外にも出られないから、退屈だったでしょう？」

「みなさんが気遣ってくださるので、退屈じゃありません」

　笑顔で答える鈴蘭に、母親も口角が緩みっぱなしだ。

　……和やかな夕食の時間に、こんな話を切り出すのは酷だが……早めに言っておいたほうがいいか。

「鈴蘭……実はな、学内の調査が終わったんだ」

「え？　ほ、ほんとですかっ……！」

「校内に、あの事件の関係者はいなかった。明後日からはまた、学園に通える」

「そうなんですね……！」

　喜んでいる鈴蘭に、心苦しさを感じながら話を続ける。

「だが……披露宴までの数週間、俺はこのまま実家で過ごすことになった」

「え……？」

　鈴蘭の表情が、みるみる不安げになっていく。

「少しの間だが……俺たちは離れて暮らすことになる」

　俺だって、本当は鈴蘭と離れて生活することだけは避けたかった。

　だが……披露宴まで、鈴蘭の身の安全を考えたらこれが最善策だ。

「黒闇神家の人間が、集中的に狙われている」

　反乱軍の真の狙いは鈴蘭ではなく俺たち黒闇神家。

　この家は今も監視されているだろうし、披露宴までにやつらが襲撃してくる可能性も十分にある。

　それに、俺にはやるべきことも山ほどあった。

　莇生の披露宴に備えての準備も含め、学園生活を送っている場合ではない。

　父親と母親、黒闇神家の上層部の魔族を交えての話し合いの結果……鈴蘭は俺と離れて学内にいるほうがマシだろうという結論に至った。

　本当はあんなことがあったから、できれば片時も離れずにそばにいたい。

　しかし、今俺と一緒にいるのは──鈴蘭にとって危険だ。

「莇生の披露宴が終わりさえすれば、俺も今まで通りの寮生活に戻る。だから……それまでは、離れて暮らそう」

離ればなれ

「萌生の披露宴が終わりさえすれば、俺も今まで通りの寮生活に戻る。だから……それまでは、離れて暮らそう」

　夜明さんの言葉に、内心すごく不安になった。

　私だけ、学園に戻る……？

　夜明さんと、離れて生活……。

「そのくらい……夜明さんが危ない状況にいるってこと、ですか……？」

　私の質問に、夜明さんは静かに首を横に振った。

「いや、俺は平気だ」

「ほんとうですか……？」

「ああ。何も心配しなくていい」

　……きっと、嘘だ。

　最近、夜明さんが嘘をついているのが、手にとるようにわかるようになった。

　夜明さんの言葉を信じたいのに、信じられない。

　私を心配させないために……きっとまたひとりで行動しようとしているんだ。

　私は……何もできないの、かな……。

　今の私には、婚約者という肩書きがとても不釣り合いに感じた。

「それまで……寂しい思いをさせてしまうが、我慢してくれるか？」

　本当は、どんな時も一緒にいたい。夜明さんが危ない時こそ、そばにいられる存在になりたい。

　でも……今はわがままを言うべきじゃないことも、わかっていた。

　ここで拒否したら、きっともっと困らせてしまう。

　夜明さんが私に何も話さないのは、夜明さんが悪いんじゃなくて、頼りない私のせいだから。

「はい……！　私、大丈夫です」

　笑顔で受け入れるのが……今自分ができる、最善の対応。

　私を見て、ふっと微笑んだ夜明さん。

「寂しくて我慢できなくなるのは、俺のほうだろうな」

　絶対に私のほうだって言い切れたけど、本音をぐっと飲み込んだ。

　ひとりきりの部屋で……眠れるかな……。

「あの……電話してもいいですか？」

「ああ、俺から連絡しようと思っていた。毎晩電話してもいいか？」

　嬉しくて、何度も頷く。

　そんな私の頭を、夜明さんは微笑みながら撫でてくれた。

「ふふっ、あたしたちの新婚の時を思い出すわね～」

　話に夢中になりすぎて、お母さんたちの前だったということを忘れてしまっていた。

「そうだね」

　微笑ましそうに見つめてくれるお母さんとお父さんに、恥ずかしくて顔が熱くなった。

「鈴蘭ちゃんにも、いろいろ我慢を強いることになってごめんなさい……必ず解決へ導くから、待っていてね」

「とんでもないです。お母さんたちも……気をつけてください……」

「ふふっ、あたしたちは大丈夫よ！　こう見えても強いの」

　ほんとだ……現魔王さまとその奥さまだから、言葉に説得力があった。

　どうか……無事に披露宴が終わって、また平穏な生活が戻ってきますように……。

「鈴蘭、おいで」

　夜になって、ふたりで寝室に入った瞬間、夜明さんが腕を広げた。

　導かれるように、夜明さんにぎゅっと抱きつく。

　明日から、夜明さんと会えなくなるんだ……。

　１ヶ月とはいえ、こんなふうに温もりを感じることもできなくなる。

　せめて今日は……ずっとくっついていたい。

「鈴蘭と離れることだけは避けたかったんだが……すまない。１ヶ月だけ、ひとりにさせてしまう」

　夜明さんは悪くないと伝えたくて、首を横に振った。

「そうだ……鈴蘭に渡したいものがあるんだ」

　え……？

　なんだろうと思い顔を上げると、夜明さんは「少し待っていてくれ」と部屋を出ていった。

　すぐに戻ってきた夜明さんの腕には、小さな箱が握られていた。

「座って、こっちに腕を貸してくれ。目をつむって」

　言われるがままベッドに座り、腕を差し出す。

　夜明さんが私の腕を触っていて、少しくすぐったかった。

「……開けていいぞ」

　恐る恐る目を開けると、腕時計がつけられていた。

「これは……」

「腕時計だ。俺とペアになっている」

　あ、ほんとだっ……。

　夜明さんも腕に同じものをつけていて、ベルトの部分の色と、円盤の大きさが少し違う同じデザインのものだった。

　夜明さんのは黒で、私のは白。

　特に何かあるわけでもないのに、こんなプレゼントを貰って……いいのかなっ……。

「時計を贈るのは……同じ時間を刻んでいきたいという意味があるらしい」

　そう、なんだ……。

「すごくうれしいです……！」

　寂しい時も、この腕時計を見れば、夜明さんを近くに感じられる気がした。

　同じ時間を刻んでいるんだって、実感できる。

　指輪やネックレスまで貰って、今度は時計まで……全身、夜明さんに貰ったものばかりだ。

「ありがとうございます！　一生宝物にします……！」

　私も夜明さんに、何かしてあげたいな……。

　いつかちゃんと、自分で働いて、自分のお金で、夜明さんにたくさんプレゼントしたい。

　貰ったぶんだけ返したいけど、夜明さんからいろんなものを貰いすぎて、一生かけても無理そうだ。

　貰った時計を見つめて、うっとりしてしまう。

　綺麗……。

　……あれ、夜明さん？

　なぜか時計を見ている私を見て、苦しそうな表情をしていた夜明さん。

　どうして、そんな顔してるの……？

　不思議に思って首をかしげると、夜明さんは私を自分の胸に引き寄せた。

「すまない、鈴蘭」

「え？」

　今……謝った……？

　ど、どうして謝るの？

「いや、何もない。今日はもう寝よう」

　理由がわからないまま、夜明さんは私をそっと横に寝かせた。

　気になったけど、夜明さんがそれ以上聞かれたくないように見えて、何も言えなかった。

　ごめんなさい、夜明さん。

　何も言えない、こんな頼りない婚約者で……。

1ヶ月のお別れ

　朝起きて、荷物をまとめる。

　夜明さんが学園まで送ってくれて、寮の前で別れることになった。

「竜牙……鈴蘭のこと、頼んだぞ」

「はい。鈴蘭様のことは安心して私におまかせください」

　夜明さんが学園にいない間、竜牙さんが私の護衛をしてくださることになった。

「それじゃあ夜明さん、また」

　すごく寂しいけど……1ヶ月の辛抱だ。

　夜明さんに心配をかけないように、笑顔でさよならの挨拶をする。

「……行きたくない」

　ぎゅっと抱きしめられて、「えっ」と大きな声が出た。

　りゅ、竜牙さんが隣にいるのにっ……！

　恥ずかしいけど、私も夜明さんの温もりを覚えておこうと思って、そっと抱きしめ返した。

「早く行ってください」

　竜牙さんの冷めた声に、夜明さんが顔を上げた。

「やはり、竜牙にはまかせられない……」

「めんどくさいですね」

　あはは……。夜明さんが珍しく駄々をこねているのがかわいくて、口元が緩んだ。

「鈴蘭様も、言ってやってください」

「夜明さん、私のことは心配しないでください……！　毎日連絡します！」

「ああ。絶対だぞ。約束してくれ」

「ふふっ、はいっ……」

　まだ別れてすらいないのに、早く１ヶ月後にならないかなと思った。

「披露宴が終わったら、また旅行に行こう。今度はふたりで。誰にも邪魔されない場所にな」

「は、はいっ……！　楽しみにしていますっ……」

　笑顔で頷いた私を見て、夜明さんはまた大きなため息をついた。

「……俺のかわいい鈴蘭……離れたくない……」

　再びぎゅっと抱きしめられたけど、すぐに竜牙さんによって引き離された。

「いいかげんにしてください。鈴蘭様、行きましょう」

「お前は鬼か。はぁ……鈴蘭、また今夜連絡する」

「はいっ……！」

　どうか……夜明さんが、無事でありますように。

　名残惜しさを感じながら、今度こそ夜明さんとお別れした。

　竜牙さんとふたりで、寮に入る。

　廊下を歩きながら、すでに胸の中が寂しさでいっぱいだった。

　今別れたばかりでこんな気持ちになってちゃダメ
だっ……。

　でも……夜明さんが心配で、そのことで頭がいっぱいに
なりそう……。

「……鈴蘭様は大丈夫ですか？」

「え？」

「不安そうなお顔をされていたので」

　そんなに顔に出ていたのか、竜牙さんにまで心配をかけ
てしまった。

「だ、大丈夫です……！」

「本当ですか？　わたしの前では、ご無理をさらないでく
ださいね」

　竜牙さん……。

「夜明さんが……何か隠し事をしているのはわかっている
んです。ひとりで動いてくれてることも」

「……」

「きっと私が心配ばかりかけて、夜明さんに何も言わせな
くしてしまっているのも……わかっているからこそ、申し
訳なくて……」

「それは違いますよ」

　優しい声で、否定してくれる竜牙さん。

「鈴蘭様が大切だからこそ、夜明はいつも必死になってい
るんです。それだけ鈴蘭様は夜明にとって必要な存在で、
支えになっているんです」

　竜牙さんにも……気を使わせてしまった。

「ありがとうございますっ……」

　くよくよしていたらもっと心配をかけてしまうから、できる限り明るく過ごそう。

「鈴蘭様が寂しくないように、私たちがそばにおりますので」

　もう一度「ありがとうございます！」と笑顔でお礼を伝える。

　竜牙さんの優しさに、少しだけ心が軽くなった。

　ラウンジのある講堂に入ると、中には美虎ちゃんたちの姿があった。

「……鈴蘭……！」

　いつものように、飛びついてきてくれた美虎ちゃん。

「戻ってきた……待ってた……」

「ふふっ、美虎ちゃん、ただいま……！」

「おかえりなさい……」

「おかえり。まあ、昨日ぶりだけど」

　後ろには、コーヒーを飲んでいる雪兎くんの姿も。

　みんな、ラウンジで待っていてくれたのかなっ……。

「鈴蘭だけ帰ってくればいいと思ってたけど……まさか本当に……あたしの思い通りになるなんて……」

　あ、あれ……？　美虎ちゃん、なんだか邪悪な笑顔を浮かべてるっ……。

「美虎、正直すぎだよ。鈴ちゃん、夜明がいなくて寂しいだろうけど、俺たちがいるからね」

　竜牙さん同様、優しい言葉をくれた百虎さん。

　みなさんがいてくれるから……寂しい気持ちも吹き飛ん
だ。
「あんなやつのこと……忘れさせてあげる……」
　美虎ちゃんがまた意味深なことを言っているのが気に
なったけど、みんなの温かさに心から感謝した。

学園生活

　次の日。

　目が覚めて、学校に行く支度をする。

「鈴蘭様、大変お似合いです」

　大げさなくらい褒めてくれる右藤さんと左藤さんにお礼を言う。

　制服を着るのも、すごく久しぶりな気がする……。

　合宿であの事件があってからまだ1週間しか経ってないのに、1ヶ月以上時間が空いた気分だ。

　クラスのみなさんも、元気にしているかなっ……。

　それに、星蘭も……。

　あれ以来一度も会えていないから、ずっと気になってた。

　合宿の時、私たち以外の生徒に被害はなかったって報告は受けている。

　支度が終わると、竜牙さんが迎えにきてくれた。

　美虎ちゃんと雪兎くんと百虎さんとラウンジで合流して、みんなで学校へ行く。

　な、なんだか、すごく視線を感じるな……。

　みんな目立つから、視線はいつものことだけど……今日は特にだ。

「見て、女神様……！」

「え？　でも、髪色が……」

　そんな声が聞こえて、ハッと気づいた。

　そう言えば、普段は前の髪色で過ごすことにしたんだ。能力が開花して、髪の色が自由に変えられるようになったから……。

　子どもの頃に憧れた魔法少女みたいな能力だなあと思っていたけど、この能力のことは隠さないと。

　女神の生まれ変わりは、物理的な能力は使えないと言い伝えられている。

　もし能力が使えることがバレたら、さらに敵から狙われる要因になるかもしれないし……。

「髪のことを聞かれたら、どう答えるのがいいでしょうか」

　竜牙さんに意見を求めると、さらっと答えてくれた。

「目立つから染めたことにしましょう」

　軽い理由だけど、そのくらいあっさりした理由でいいのかもしれない。

　変に言い訳をするとかえってあやしまれるかもしれないもんね。

　教室に入ると、クラスメイトのみんなが一斉にこっちを見た。

「鈴蘭様……！」

　みんな私が来たことに驚いているのか、駆け寄ってきてくれる。

　リサちゃんは目に涙を浮かべながら、私の手を握った。

「よかった……無事で……」

　みんな……。

「昨日、鈴蘭様が事件に巻き込まれて早退されたって聞いて……」

「あたしたち、心配で……」

「鈴蘭さん、無事で本当によかった……っ」

　自分が思っていた以上に心配をかけていたんだと、初めて気づいた。

「し、心配かけてごめんなさい……私は元気です……！」

「で、でも、髪色が……」

「あ……こ、これは、目立たないように染めたんです……」

「そうだったんですね……！」

　ご、ごまかせたみたいでよかった……。

「どっちもお似合いです……！」

「ふふっ、ありがとうございます」

　目を輝かせながら誉めてくれるみなさんに、笑顔を返す。

「鈴蘭さんが無事で、よかった……」

「皆さんに心配していただけて、嬉しいです。ありがとうございます」

「心配するのは当然です……！」

　リサちゃんが、もう一度私の手を握る。

「あたしたちはもう……と、友達、なんですから……！」

「リサちゃん……」

　友達という響きに、じーんときてしまった。

　ずっと憧れていた存在が……気づけばこんなにたくさんできていた。

　今日の夜明さんへの連絡は……みなさんのことにしよ

う。

　素敵なクラスメイトに囲まれて……教室でも楽しく過ごしてますって……。

「……あたしの鈴蘭に近寄らないで……今日はあたしのもの……」

　み、美虎ちゃん……？

　急に私の前に立って、威嚇するようにみんなを睨んだ美虎ちゃん。

　怖気づいたように、みんな1歩、2歩とあとずさっていく。

「獅堂さん……」

「ガ、ガードが強すぎて近寄れない……」

　後ろで、雪兎くんがおかしそうに鼻で笑っている。

「たまにはお前も役に立つな」

「あんたも……追い払うの手伝って……」

　理由がわからなくて必死に追い払おうとしている美虎ちゃんがなんだかかわいくて、私もくすっと笑ってしまう。

「お姉ちゃん……！」

　後ろから声がして振り返ると、星蘭の姿があった。

「せいら……わっ！」

　名前を呼ぶよりも先に、私にとびついてくる星蘭。

「はぁ……」

「せ、星蘭……？」

「ほんと……何やってんのよ……」

　せ、盛大すぎるため息……あ、呆れてる……？

　よく見ると、星蘭の手が震えていることに気づいた。

「ていうか、その髪は？」

「め、目立つから染めたのっ……」

「そんなことしていいわけ？　まったく……」

　もしかして、星蘭……。

「心配してくれたの……？」

　そう聞くと、星蘭の肩がびくりと反応した。

「ふふっ、心配かけてごめんね。私は元気だよ」

「その様子見ればわかるわよ」

　私が登校してきてるって知って、急いで来てくれたのか
な……？

　それとも、毎日来てないか確認に来てくれてた……？

「連絡先の交換も禁止されてたから、状況が一切わからな
いし……こいつらに聞いても無視してくるし……」

　え……そ、そうだったの？

　美虎ちゃんと雪兎くんのほうを見ると、わざとらしく目
を逸らされた。

　あはは……。

「まあ、無事だったらいいのよ……でも、２度とこんな心
配させないでよね」

　私に抱きついたまま、ふんっとそっぽをむいた星蘭。

　不器用な優しさが嬉しくて、口元が緩むのを抑えられな
い。

「うん、約束するっ……」

　私はぎゅっと星蘭を抱きしめ返した。

「えへへ……」

「何よ」

「星蘭が心配してくれたことが嬉しくてっ……」

　私が何年も望んでいたこと。それは……星蘭と、仲のい
い姉妹になりたいということ。

　今はそれが、現実になっているんじゃないかと思う。

　まだまだ私の好きのほうが上回っているけど、それでい
い。星蘭がこうして、少し好きを返してくれただけで……
私にとっては十分すぎるほど幸せ。

「……バカじゃない」

　その言葉が照れ隠しに聞こえるくらい、星蘭からの愛情
を感じていた。

「責任とって、今度勉強教えなさいよ」

　そう言って、再びふんっと鼻を鳴らした星蘭。

　世界一可愛い……私の大事な大事な妹。

「もちろん……！　そんなのいつでも」

「言ったわね。今日の休み時間全部あたしの面倒見させる
わよ」

「無理……星蘭は今日あたしの相手で忙しい……ていうか
いいかげん離れて……」

　美虎ちゃんが、私の体を星蘭から離した。

　敵を見るような目で、星蘭を睨んでいる。

「はあ？　妹のあたしが優先ですけど？　ていうかあんた
たちは定期的に会ってたんでしょ？」

「そんなに会えてなかった……だからあたし優先……」

　バチバチと火花を散らしあっているふたり。止めるべき
なんだろうけど、なんだか子猫のじゃれあいに見えてきた。

「ちょっと鈴蘭、何にやにやしてるのよ」

「かわいいふたりに取り合いされるなんて、幸せだなって」

　世の中の男性に、嫉妬されそうなポジションだ。

「……俺は無視かよ……」

　え……ゆ、雪兎くん？

　ずっと黙っていた雪兎くんの発言に、驚いて勢いよく振
り返る。

　言ったあとに後悔したのか、困ったように眉間にしわを
寄せながら、顔を真っ赤にしていた。

「こいつはかわいくない……」

「か、かわいいよ……！　雪兎くんもとってもかわいい
よ……！」

「それはそれで腹立つし……可愛いはやめろ」

　夜明さんにお話する話題がまた増えた。

　クラスメイトのみんなのことと……美虎ちゃんと雪兎く
んと、星蘭のことも。

　私にとって、かわいくて大好きな人たち。

おやすみは忘れずに

　学校ではみんなと一緒にいたから、寂しさも感じなかったけど……いざ寮に戻ると、急に孤独感に襲われた。

　もちろん、右藤さんと左藤さんもいてくれるし、竜牙さんもいるけど……夕食はいつも夜明さんと一緒に食べていたから、ひとりで食べる夕食が、なんだかとても寂しいものに感じた。

「本日の料理はお口に合いましたか？」

　夕食を食べ終わると、竜牙さんが優しく聞いてくれる。

「はい、今日もとってもおいしかったです……！」

「それはよかったです」

　ごちそうさまでしたと手を合わせると、右藤さんが私に頭を下げた。

「鈴蘭様、ご入浴の支度が整っております」

　右藤さんと左藤さんに連れられて、入浴も済ませた。

　今日は……あっという間の一日だった。

「あ……竜牙さん、待っていてくださったんですね……！」

　入浴を終えてリビングに戻ると、まだ竜牙さんの姿があった。

「鈴蘭様が寝室に入るまできちんと見届けると、夜明と約束しておりますので」

　そうだったんだ……ふふっ、夜明さんは、相変わらず過

保護だ。

そして、私はいつもその過保護さに守られている。

「……あ、違います。鈴蘭様を疑っているわけでは……」

「え？」

竜牙さん……？

「あ、いえ……白神の時のようなことを、してしまっているなと……監視するような言い方でしたね……」

そんなふうには一切思っていなかったから、驚いた。

「監視なんて思いません……！ 私が危ない目に遭わないように見守ってくださってるって、ちゃんとわかってますっ……」

誤解させたくなくてそう伝えると、竜牙さんは安心したように微笑んだ。

「ありがとうございます」

竜牙さんは夜明さんの従者として、私の身の安全を一番に考えてくれている。

監視ではなく、これは護衛だ。竜牙さんにはいつも感謝しているし、信頼している。

「ふふっ」

楽しそうな笑い声が聞こえて、首をかしげる。

あれ……今度はどうしたんだろう？

「竜牙さん、どうしたんですか？」

「こんな状況で不謹慎ですが、夜明がいないと鈴蘭様とふたりの時間が増えますね」

え……？

「鈴蘭様との時間は、わたしにとって貴重でしたので」

　竜牙さんが喜ぶほどの価値はないと思うけど、そんなふうに言ってもらえるのは純粋に嬉しい。

　私もこの機会に、もっと竜牙さんのことをしれたらいいなと思った。

　竜牙さんも、美虎ちゃんも雪兎くんも百虎さんも……今日はずっとそばにいてくれた。

　みんなきっと……私が寂しくならないように、気を使ってくれてるんだろうな。

　優しいお友達に囲まれて、私は幸せだ。

　みんなに出会わせてくれた夜明さんにも……感謝の気持ちでいっぱい。

「それでは、ゆっくりとお休みください」

　竜牙さんが扉を閉めてくれて、寝室にひとりきりになる。

　いつものベッドがとても広く感じた。

　──プルルル。

　あ……夜明さんから……！

　きっと約束していた、寝る前の電話だ。

「も、もしもし……！」

　すぐに着信ボタンを押して、電話に出る。

『早かったな』

　夜明さんの低音の心地いい声が聞こえて、それだけで安心する。

「夜明さんからの電話、嬉しくて……」

　やっぱり……夜明さんはすごい。

　声だけで、こんなに私を幸せにしてくれる。

『そんなかわいいことを言わないでくれ。会いたくなる』

　夜明さん……。

「私も……早く会いたいです」

　昨日別れたばかりなのに……夜明さんが恋しくてたまらない。

　声を聞いたら、もっともっと会いたくなってしまった。

『次に会ったら、離してやれそうにない』

「ふふっ、楽しみにしています」

　夜明さんに捕まえられるなら、本望だ……。

『鈴蘭は本当に……』

「え？」

『いや……今日は何事もなく過ごせたか？』

「はいっ！　今日は夜明さんにお話ししたいことが、たくさんあります」

『そうか。全部聞かせてくれ』

　今日あったことを、ひとつずつ話していく。夜明さんは私の話を、ずっと聞いてくれた。

　夜明さんと話していると、安心感からか眠気が襲ってきて、大きなあくびが漏れた。

『明日も学校だろう。そろそろ休んだほうがいい』

　あ……もうこんな時間……。

　これ以上夜明さんを付き合わせるのも申し訳ない。

『鈴蘭、おやすみ』

「はい……おやすみなさい……」

　今日は眠れるか心配だったけど……夜明さんのおかげ
で、いい夢が見れそう……。

　吸い込まれるように、ベッドに横になる。

「……大好きです……よあけさん……」

　私はゆっくりと、意識を手放した。

作戦は静かに

【side 夜明】

『……大好きです……よあけさん……』

　端末越しに聞こえた、鈴蘭の可愛い声。

　普段恥ずかしがって、俺が好きだと伝えたら、「私も」と恥ずかしそうに返してくれる鈴蘭が、はっきりと言葉にしてくれるのは珍しい。

「……鈴蘭、もう1回言ってくれ」

『……』

「鈴蘭？」

『すー……すー……』

　眠ったか……。

　肩を落としながらも、可愛い呼吸に笑みが溢れる。

　息をするだけで俺を幸せにしてくれるなんて……愛おしいな……本当に。

　そっと、通話を切って、端末を置く。

　……今日もやるか。

　最近の日課になっている、能力者探し。

　今、俺にはどうしてもほしい能力がひとつある。その能力者を見つけて、譲渡してもらうために鈴蘭が眠るのを見届けてから夜な夜な捜索をしていた。

　能力は簡単に受け渡しできるようなものではないが、俺は他者の能力を奪う能力を持っている。

　もちろん万能な能力というわけではなく、所持できる能力の数には限りがある。そのほしい能力のためなら、他の能力を捨ててもかまわないと思っていた。

　能力者探しだけではなく、披露宴の日の作戦準備も進めている。

　家を出ようとした時、母親が現れた。

「夜明、あんまり外出はしないようにね。自分が狙われてるってこと、忘れちゃダメよ」

「わかってる。だから昼行性（ダイアーナル）の力が弱まる夜に活動しているんだろ」

「そうかもしれないけど……夜明、あなた……最近変よ」

　変？　俺が？

「何かに取り憑かれたみたい」

　何を言っているのか、さっぱりわからない。

　俺は俺の意志で動いているし、別におかしいことは何もない。

「披露宴についても無事に準備は進んでいる。すべて順調だ」

「反乱軍を捕まえるために動いているのはわかっているけど……何か怖いことを考えてないわよね？」

「怖いこと？」

「鈴蘭ちゃんの復讐、とか」

　……やけに勘がいい母親を誤魔化すのは難しい。

　下手に嘘をつくよりも、開き直ったほうがいいかもしれない。

「……婚約者が傷つけられたんだ。許すわけないだろ」

「だからって……復讐ばかりに囚われてはいけないって、わかってるわよね。彼らに罰を与えるのは、あたしたちじゃなくて警察なんだから」

ちなみに、俺は魔族警察が嫌いだ。

信用ならないし、俺よりも能力が低いやつに何ができる。

「わかっている、今は俺に指図しないでくれ」

これ以上話しているとボロが出ると思い、中断して家を出た。

最近、母親は俺を監視するように注意深く見ている気がする。

きっと今も、誰かに尾行させているはずだ。後ろに気配を感じる。

別に追い払う必要もないから、好きなようにさせておく。

知られたらまずいことをしているわけじゃない。

俺はただ、鈴蘭を守れる方法を探しているだけだ。

『夜明、あなた……最近変よ』

変……か。そういえば、竜牙にも暴走しないでくれと忠告された。

俺はそんなにおかしく見えるのかと疑問だが、冷静ではないことは確かだ。

……婚約者が危険な状況だとわかって、冷静でいられるやつのほうがおかしい。

そういう意味では、俺の状態は正常だといえる。

　目的地に到着し、地に足をつけた。

　待ち合わせ場所である中に入ると、やつは机に伏せながら呑気に眠っていた。

「おい、起きろ」

「……くそ……眠い……」

「例のやつはどこだ」

「ああ……そっちで待っている。俺は周りを監視しているから、話してこい」

　連れてくることに成功したのか……。

　感謝の言葉は口にせずに、俺は言われるがまま奥の部屋に入った。

【Ⅷ】 離ればなれの日々

中間テスト

　夜明さんと離れて生活するようになって、早1週間が経った。

　そして、今日からある期間に突入する。

　それは……。

「……また……この地獄の季節が……」

　2学期の中間考査1週間前。通称テスト期間。

　美虎ちゃんが、この世のすべてを恨むような目でテスト期間表を見ている。

「バカは大変だな。天才の俺にはわからない悩みだ」

　隣にいる雪兎くんは、そんな美虎ちゃんをあざ笑うように口角を上げていた。

「……コロス……」

　み、美虎ちゃん、暴言がっ……。

　きっと我慢できないほど、美虎ちゃんは勉強が嫌いなんだろう。

　リシェス学園は成績には厳しく、赤点を採ったら補習があるから、なんとか補習を回避しないと。

「美虎ちゃん、今日から一緒に勉強しようねっ」

「鈴蘭っ……」

　美虎ちゃんが、目をうるうるさせながら私の手を握ってきた。

「ありがとう……大好き……ふたりで勉強しようね……」

「は？」

　不満そうな声をあげた雪兎くん。

　美虎ちゃんは何やら意味深な笑みを浮かべながら、雪兎くんを見た。

「だって……出来損ないは天才みたいだし……勉強する必要ない……あたしはバカだから……」

「お前……」

　ふたりの謎の攻防戦を、私はおろおろしながら見守る。

　ど、どうしよう、火花がっ……。

「つーか、天才だと思ってんなら出来損ないって呼ぶのいいかげんやめろよ！　矛盾してんだろ！」

「思ってない……あんたが勝手に言ってるだけ……あたしは１回も思ったことない……あんたはバカ……」

　ふたりとも、いつも罵り合っているけど……こ、心が傷ついていないか、心配だっ……。

「お、俺だって監視役なんだから、同席するに決まってるだろ……ラウンジでしろ」

「いやだ……あたしの部屋でふたりでする……」

「お前、合宿の件忘れたのかよ」

　雪兎くんのひと言に、美虎ちゃんの耳がしゅんと垂れ下がった。

　もしかして……合宿で襲撃にあったことを思い出してるのかな……？

「み、美虎ちゃん、落ち込まないで……！　みんなでラウンジで勉強会しよう？」

　美虎ちゃんはあの日のことをずっと悔やんでいるし、雪兎くんのその言葉が刺さってしまったみたいだ。

「うん……鈴蘭が言うなら……」

「俺たちも参加させてもらおうかな」

　後ろから声がして振り返ると、教室まで迎えにきてくれたのか、ふたりの姿があった。

「あっ……百虎さん竜牙さん、おつかれさまです……！」

「勉強会ですか。勉学に励むのはいいことですね。美虎様は成績がよろしくないみたいですので、頑張ってください」

　りゅ、竜牙さん……？

「……」

「竜牙、最近美虎に冷たくない？」

「どうせ隠しても無駄ですので、声に出そうかと」

　笑顔で答えた竜牙さんを見て、美虎ちゃんが青ざめている。

「それでは、ラウンジに行きましょうか」

　私の後ろに隠れている美虎ちゃんと席を立って、みんなでラウンジに移動した。

女神先生

【side 美虎】

　忌々しいテスト期間が迫り、鈴蘭が前回同様勉強を教えてくれることになった。

「美虎ちゃんすごい……！」

　あたしが問題を解くごとに、大げさなくらい嬉しそうに褒めてくれる鈴蘭。

　それが嬉しくて、大嫌いな勉強が、鈴蘭といる時だけは好きになれそうだった。

　鈴蘭に出会うまでは、テスト期間に入ったらどうやって欠席するかばかり考えていたけど……今は鈴蘭が見てくれるから、頑張ろうって思える。

　頑張ったぶんだけ鈴蘭は褒めてくれるから……。

「そういえば、前回も鈴ちゃんが教えてくれてたよね。美虎、初めて赤点がなかったんだよ」

　お兄ちゃん、余計なこと……。

「初めてって……お前中等部からずっと赤点なのかよ」

　冷然まで……。

　こいつ、ちょっと勉強ができるからって、マウントばっかりとってくる。

　今すぐここから消えてほしい。

　あたしは鈴蘭とふたりでいいのに……。

　お兄ちゃんは百歩譲っていいけど、冷然と司空を立ち入

り禁止にする方法はないかな……。

「美虎ちゃんは、やればできる子です！」

　鈴蘭……。

『勉強はやり方で向き不向きがあるから、きっと今まで相性のいい先生と出会えなかっただけだ』

　優しい鈴蘭に、今日もあたしは癒やされる。

「鈴蘭、ずっとこいつのこと甘やかしてるんだぞ。百虎もなんか言えよ」

　ほんとにうるさい、こいつ……。

「うーん……俺もかわいい妹には厳しくできないなぁ」

「どいつもこいつも……」

　呆れたようにため息をついた冷然を、今すぐ引っ張り出したくなった。

「合宿の時も鈴蘭に泣きついてたし……」

　……合宿……。

　あの日の記憶が脳裏をよぎる。

『自らの命です』

　黒須様のひとことを思い出して、ぞっとした。

「……雪兎、合宿の話はやめましょう」

『鈴蘭様が、思い出したくないことを思い出してしまう』

　司空も、鈴蘭のことを考えたのか冷然を止めた。

「あ……すみません」

「わ、私は平気ですよ……！　みんな無事でしたし、それに、楽しかったんです……！」

　ほんとに平気……？

　心の声を聞くと、無理をしているようではなかったので、ほっと安心した。
「そっか……それはよかった。そういえば、サバイバルはどうだった？」
「美虎ちゃんと雪兎くんが頑張ってくれて、食材がたんまり手に入ったんですよ……！　ふたりともすごくかっこよくて……！」
　あの日のことを思い出すように、鈴蘭は目を輝かせて話している。
　鈴蘭にかっこいいと思ってもらえたことが嬉しい。
　合宿……あんなことがあったけど、あたしもサバイバルの時は、少しだけ楽しかった……。
　それに……。
「鈴蘭の手料理……美味しかった……」
　また食べたい……。
「え？　鈴ちゃん料理できるの？」
　お兄ちゃんが、わかりやすく反応した。
「ひ、人並みに……」
「えー、俺も食べてみたい。ね、今度俺にも作って」
「は、はい、私が作れるものでよければ……」
　お兄ちゃん、ずるい……。
「あたしも食べる……」
「それじゃあ、ホームパーティーとかどう？　俺は作ってもらうお礼に、甘いお菓子をいっぱい用意するよ」
「いいんですか……！」

　鈴蘭は甘いものが大好きだから、スイーツという言葉に反応した。

　嬉しそうに目を輝かせていて、本当にかわいい。

『あ……でも……』

　ん……？

『夜明さんがいないのに、パーティーをしたら……夜明さんが寂しがっちゃうかもしれない……』

　あいつの心配なんて必要ないのに……。

　それに、こんなことで寂しがるなんてありえない。あいつのことは知らないけど、パーティーとか嫌いな人間だろうし、いつもは鈴蘭がいるから出席してるだけだろう。

『やっぱり、また今度に……』

　まずい……あいつのせいで断ろうとしてるっ……。

「ほ、ホームパーティーなんか、何回でもすればいい……あ、あいつが帰ってきたら、またもう１回すればいいし……」

　あたしの言葉に、鈴蘭は納得してくれたのか、笑顔で頷いてくれた。

「うん……！」

　よかった……。

「それじゃあ、テストが終わったら、テストおつかれさまってことで、ホームパーティーしよっか」

　お兄ちゃんの言葉に、あたしも頷く。

　鈴蘭の手料理が食べられるなら……地獄の勉強期間も乗り切れそうだ……。

ツンデレのデレ

「明日から、テスト……」

　遠い目をしながら、美虎ちゃんが呟いていた。

　あはは……相当いやなんだろうな……で、でも、美虎ちゃんは今日までたくさん頑張ってきたから、私は大丈夫だって信じてる……！

　昨日した模擬テストでも、赤点は回避できていたし……あとは追い込むだけだ……！

「今日は短縮授業だから、お昼ご飯を食べたら明日のぶんの勉強しよっか」

　私の言葉に、一瞬げっそり顔をした美虎ちゃんだったけど、恐る恐る頷いてくれた。

「うん……頑張る……」

　テストが終わったら、美虎ちゃんが好きな和菓子を買いに行こう……！

　たくさん頑張ったぶん、ゆっくり休んでほしいから。

　そう思った時、校内放送の音が鳴った。

『ノワール学級、獅堂美虎。至急、職員室に来てください』

「え……美虎ちゃん？」

「あ……そういえば……今日美化委員の担当だったの忘れてた……朝職員室行かなきゃいけなかったんだ……」

　めんどくさそうに呟いて、立ち上がった美虎ちゃん。

「……ちょっと行ってくる……」

　重たい足取りで、教室を出ていった。
「職員室の清掃なのかな？」
　雪兎くんに聞くと、鼻で笑われてしまう。
「そんなわけないだろ。放課後の当番の場所を聞きに職員室いかねーといけないんだよ。清掃週間とかなんとかで」
「そうだったんだね」
　美虎ちゃん、勉強も係も重なって、大変そうだ……。
　それにしても雪兎くん、美化委員について詳しいんだな。
　休み時間、もう少しあるし……今日美虎ちゃんに教える範囲を確認しておこう。
　一応、今日も模擬テストを作ってきた。
　明日テストが行われる３教科ぶんあるから、ここさえおさえておけば、点数はしっかりとれるはず……！
　美虎ちゃんには、感謝しなきゃ。テスト期間があったおかげで、暇な時間が減って、寂しさがまぎらわせている。
　夜明さん……元気にしてるかな。
　心配だ……危ない目に、あってないか……。
　何をしようとしているのかわからないけど、どうか無事でいてほしい。
　私ひとり……こんなに呑気に学園生活を送っていても、いいのかな……。
　そんな不安と罪悪感が、ずっと胸を蝕んでいた。
「……お前、大丈夫なのかよ」
「え？」
　雪兎くんの声が飛んできて、顔を上げる。

　大丈夫って……何だろう？

「夜明さんと離れて、結構経つだろ。寂しいだろうし……眠れなかったりとか……してねーのか」

　言い方はぶっきらぼうだったけど、心配してくれている雪兎くんの優しさに胸が温かくなる。

「うん、平気だよ！」

　半分本当で、半分強がりだけど、雪兎くんには心配をかけたくない。

　あの事件のこと、ずっと気にしているから……。

　それに、正直寂しさより、夜明さんへの心配のほうがまさっていた。

「その……眠れなかったりしたら、電話とか……しろよ」

「え……？」

「今回のこと……俺も、責任感じてるし……お前が辛い時は……支えたいって、思う……し……」

　雪兎くん……。

　知られざる本音に、驚きと同じくらい嬉しさが込み上げた。

　雪兎くんは、誰よりも真っ直ぐで、うちに秘めた優しさを持っている人……。

「……や、やっぱ忘れろ！　今のはなしだ……！」

　恥ずかしそうに顔を背けて、そっぽを向いてしまった雪兎くん。

「ふふっ、ありがとう。雪兎くんがそばにいてくれるから、私は毎日楽しいよ」

「……そんなの、俺もに決まってるだろ」

　……え？

　予想外の返事に、また驚いてしまった。

　雪兎くんのことだから、照れ隠しでうるさいって言われると思ったのにっ……。

「言っとくけど俺、お前が来てから皆勤賞だからな……合宿は早退したけど」

　そういえば……最初は、学校は嫌いだって言っていた。

「お前がいるから、今までどうでもよかったことも楽しくなった……頑張ろうって、思えるように、なった……」

　ぽつりぽつりと、話してくれる雪兎くん。

「そのくらい……お前が大事なんだよ……」

　わかっていたようで、知らなかった。

　雪兎くんは……そこまで私のこと、考えてくれていたんだ。

　初めてのお友達で、私にとってもとても大事な人。

「だから、お前ももっと、自分のこと大事にしろ」

　私のずっと心の中にあった悩みを見透かされた気がした。

　夜明さんをひとりにして、守られてばかりで、私には婚約者としての資格もないんじゃないかって。

　結局今も、お荷物にしかなってないんじゃないかって、どうしても思わずにはいられなかった。

「くそ……こんなこと、もう一生口にしないからな」

　嬉しい……。

　雪兎くんがどこまで気づいてくれていたのかわからない
けど、その言葉が本当に嬉しくて、涙が溢れてしまう。

「……は？　お、おい、泣くなよ……！」

「う、うんっ……ありがとう……！」

　ごしごしと溢れ出した涙を拭って、頷いた。

　ほんとにありがとう……雪兎くんっ……。

「……出来損ない……鈴蘭泣かせたの……」

　あれ……？

　戻ってきていた美虎ちゃんが、私たちを見て顔を真っ青
にしている。

　その表情には、焦りと怒りが見えた。

「……許さない……」

「ち、ちが……泣かせてねーよ……！」

「黒闇神にチクる……あと腹黒にも……」

「や、やめろ……！　竜牙さんはマジで洒落になんねーか
ら……！」

　は、腹黒って竜牙さんのこと……？

　雪兎くんも、どうしてすぐにわかったんだろう……あは
は……。

　放課後。

「も、もう頭に入らない……」

　ぐったりとうなだれている美虎ちゃん。

　明日からテストが始まるから、今日はいつもより長めに
勉強会をしていた。

「おつかれさま……！　今日やろうと思ってた範囲は全部
終わったよ……！」

　今日中に教え切れるか不安だったけど、美虎ちゃんが頑
張ってくれたおかげだ……！

「鈴蘭……頭撫でて……」

　甘えてくる美虎ちゃんがかわいくて、よしよしと頭を撫
でた。

「あっ……ご、ごめんね」

　耳に手が触れてしまってとっさに謝ると、美虎ちゃんが
くすぐったそうに笑う。

「鈴蘭になら触られても平気……」

　気を許してくれているのがわかって、嬉しくなった。

「……」

「雪兎くん……？」

　熱視線を感じて視線を向けると、雪兎くんが何か言いた
げにじっとこっちを見ていた。

「どうしたの？　雪兎も撫でてほしいの？」

「っ、はぁ!?　ち、違う……！」

　百虎さんにからかわれて、顔を真っ赤にしている雪兎く
ん。

　ふふっ、雪兎くんも疲れちゃったのかな……？

「雪兎くんもおつかれさま」

　そっと頭を撫でると、雪兎くんは驚いた様子で目を見開
いたまま、固まってしまった。

　あ、あれ……？

「鈴蘭様……雪兎には刺激が強かったようです……」

「え……あ、あの、雪兎くん……？」

「いいな～、俺も撫でてほしいな～」

　え……百虎さんも？

「百虎、やめなさい」

「竜牙くんだってお願いすればいいじゃん」

「……夜明に消されますよ。鈴蘭様、そろそろ帰りましょう」

　あ……ほんとだ、もうこんな時間……。

　夕食の時間を1時間も過ぎていた。右藤さんと左藤さんが心配しているかもしれないっ……。

「それじゃあみなさん、また明日っ……」

　バイバイをして、竜牙さんと部屋に戻った。

喜んでなんか

　竜牙さんと鈴蘭がラウンジから出ていって、俺と百虎と
百虎妹の３人になった。

　さっきの余韻が抜けなくて、鈴蘭に触れられたところに
そっと手を重ねる。

『雪兎くんもおつかれさま』

　あんな笑顔で、優しく撫でられたら……勘違い、しそう
になる……。

　大事に、されてるんだって……。

　鈴蘭は周りのやつを大事にしているし、大事に思われて
るのはわかってるし、もちろんそれが友情だってこともわ
かってる。

　それでも、優しくされればされるほど、その先を望んで
しまいたくなってしまう。

　ダメだって、わかってるのに……。

　あいつが、可愛すぎるから……。

　……くそ、まずい、考えないようにしねーと……。

　こいつに、頭の中覗かれる……っ。

「どいつもこいつも……下心ばっか……」

　もう遅かったのか、蔑むように俺を見ている百虎妹。

「ち、違う……！」

「……」

「そんな目でみんな……！　違うって言ってるだろ……！」

　俺は純粋に、鈴蘭のことがっ……。

「俺も鈴ちゃんに撫でてもらいたかったな～」

　俺とは違って、隠す気もないらしい百虎が呟いた。

　こいつ……最近開き直ってるな……。

「……お前、マジで夜明さんに消されるぞ」

　夜明さんがいないのをいいことに……戻ってきたら、チクってやろ……。

「まあ……鈴ちゃんに撫でてもらえるならそれも受け入れるよ」

　終わってる……。

「ていうか、雪兎と鈴ちゃん、最近ますます仲良しになったよね」

「……は、はぁ!?　別に普通だし……」

　なんだよ、ますますって……。

「名前呼びだし、前まで敬語だったのに、最近はくだけた話し方してるし……」

　百虎の言う通り、呼び方と話し方が変わったのは事実だ。

　前までは雪兎さんだったり雪兎くんだったり曖昧だったけど、最近は完全にくんづけで呼んでくれるようになったし、敬語もなくなった。

　物理的に距離が近くなったかと言われるとわからないけど……確かに、前よりも親しくはなれているのかもしれない……。

「同級生の特権、羨ましい」

　同級生の特権……。

　百虎や竜牙さんや夜明さんが、俺を羨ましがっているのは知っている。

　同級生でクラスが一緒だから、必然的に一緒に過ごす時間が一番長いし、それは俺も……ラッキーだと思ってるけど……。

　ただ……。

「俺は……年上のほうが……」

　やっぱり、女子って年上に憧れるもんだと思うし……。

　ずっと前から抱えていた劣等感。俺は鈴蘭にとって、もっと頼れる存在になりたい。

　実際……今は男の中で、俺が一番頼りないだろう。

　百虎はこんなやつだけど、なんだかんだ頼りになるし、長男だから立ち振る舞いもうまい。

　竜牙さんは年上のかっこいい男を絵に描いたような男だし……夜明さんはいわずもがな。

　俺は見た目でも舐められるし、身長も低いし、男らしくないって自分でもわかってるから……。

　それに、俺はあの日、鈴蘭を守れなかった。

　鈴蘭は気にしていないというし、謝っても謝らないでと言われてしまうだろうが……俺はあの日の自分が許せなくて、今もずっと悔やんでいる。

　頼りにならないどころか、好きな女も守れなかった。

「……鈴蘭は、あんたのこと……頼りにならないなんて、思ってない……」

　ぼそりと、百虎妹が呟いた。

　こいつ、また勝手に人の心……って……は？

　励ましのつもりなのか、こいつがそんな発言をしたことに驚いて言葉を失った。

「別に、励ましてない……」

「あれ？　珍しく仲良し？」

　百虎も意外そうに妹を見ていて、俺たちふたりの視線に気まずそうにしている。

「あんたは一生あたしのライバルだけど……鈴蘭が信用してるのは、事実……」

　鈴蘭が……俺を……。

　心の声が読めるこいつが言うんだから、本当にそうなのかもしれない。

　百虎妹の言葉に、安心と喜びが溢れた。

　よかった……。

「あたしのほうが鈴蘭と仲良いけどね……」

　余計なひとことを加えた百虎妹。俺たちのライバル関係は、これからも変わらないだろう。

「……俺も帰る」

　席を立って、寮部屋に戻るため歩き出した。

　これ以上ここにいたら、また百虎妹に余計な思考を読まれる……。

　こいつの前では鈴蘭のことを考えないようにしようと思ってはいるが、意識は自分ではコントロールできない。

　いつもふと鈴蘭のことを考えてしまうし、鈴蘭と別れた後なんて、少しの間鈴蘭のことが頭から離れない。

　他人に無関心で、女嫌いだったはずなのに……まさかひとりの女に、ここまで執着するなんて……。

　しかもそれが叶わない恋なんだから、笑えない。

『ふふっ、ありがとう。雪兎くんがそばにいてくれるから、私は毎日楽しいよ』

　ふと、鈴蘭が言ってくれた言葉を思い出した。

　……別にいい。同じ気持ちじゃなくたって。

　そばにいることを許してもらえて、あんなふうに言ってもらえるなら……十分だろ……。

　それにしても……鈴蘭、泣いてたけど……大丈夫なのか……？

　やっぱり、夜明さんに会えなくて相当寂しいんじゃないのか……。

　俺たちも、鈴蘭に寂しい思いをさせないように頑張っているけど、鈴蘭の寂しさはきっと……夜明さんにしか埋められないだろう。

　最近はぼうっと外を見つめていることも増えたし、いつもどこか上の空だ。

　夜明さんのことを考えているに違いない。

　夜明さんも……一ヶ月とはいえ、どうして離れることを選んだんだろう。

　鈴蘭の能力が開花して、夜明さんは少し様子がおかしかった。

　前以上に過保護になっていた気がするし、普通ならひと時だって離れたくないはずなのに……。

　もしかして……夜明さんは今それくらい、危険な状況な
のか……？

　詳しいことは知らないし、まだ敵の全貌もわかっていな
いだろうからなんとも言えない。

　俺にできるのは……一番近くで、鈴蘭を守ることだけだ。

　昼行性や、敵から守るのはもちろんだけど……学内の男
どもからも。

　最近の鈴蘭は、前にも増して魅力的だから。

　些細な仕草からも、女神の風格が見えるようになった。

　本当に女神の生まれ変わりなのだと、日々痛感する。

　これからもっと綺麗になっていったら……鈴蘭に群がる
やつらが後を立たないだろう。

　そんなやつからも守り切れるように、夜明さんがいない
今、俺が鈴蘭のそばにいるって決めた。

　別に……。

　……す、鈴蘭との時間が増えて、喜んでなんか……断じ
て……断じてない……！

　こほんと咳払いして、俺は足を早めた。

ホームパーティー

「美虎ちゃん、おめでとう……！」

　パチパチと手を叩くと、百虎さんと竜牙さんも一緒に拍手をしてくれる。

　美虎ちゃんは照れくさそうにしながら、私を見て微笑んだ。

「鈴蘭のおかげ……ありがとう……」

　テストが終わって数日。結果が出て、無事美虎ちゃんが赤点を免れたことがわかった。

　テスト当日もほぼ徹夜で勉強していた美虎ちゃん。本当によく頑張ったと思うっ……！

　今はそんな美虎ちゃんのお祝いと、テストおつかれさまを兼ねて、私と夜明さんの寮部屋の部屋に集まっていた。

　ホームパーティーの話をしたら、夜明さんが家を使っていいと言ってくれたんだ。

　ということで、みんなで約束のホームパーティーをしている。

「まあ、数学に関しては赤点ギリギリだけどな」

　呆れた表情で美虎ちゃんを見た雪兎くん。

「……鈴蘭……こいつがいじめてくる……」

　美虎ちゃんは悲しそうに、私の腕にしがみついてきた。

「なっ！　……お前だって口開いたら嫌味しか言わねーだろ……！」

「ゆ、雪兎くん、美虎ちゃんはすごく頑張ったから、褒め
てあげてほしいなっ……」

「……」

　黙り込んだ雪兎くんは、じっと美虎ちゃんを睨みつけて
いた。

「俺のかわいい妹が、どんどん悪知恵をつけてる気がする」

「さすが百虎の妹ですね」

　後ろで楽しそうに会話をしている百虎さんと竜牙さん。

　賑やかで楽しいけど……夜明さんがいないのは、やっぱ
り寂しいな。

　って、ダメダメ……こんなふうに思ったら、みんなに失
礼だ……！

「というか、すごくいい匂いがする……」

　くんくんと鼻を鳴らした百虎さん。

「手料理を作らせてもらうっていう約束だったので、さっ
き美虎ちゃんと竜牙さんと一緒に作らせてもらいました」

　みなさんが来る前にと思って、急いで料理した。

「あたしは特に何もしてない……味見してただけ……」

「わたしは見ていただけです」

「覚えててくれたなんて、嬉しいな。鈴ちゃんの手料理、
すごく楽しみ！」

　百虎さんがはしゃいでいる姿が意外で、少しだけ驚いて
しまう。

　いつもにこにこしていて、一定のテンションを崩さない
百虎さんだから……そんなに喜んでくれると思わなかっ

た。

「すぐに用意しますね！」

　みなさんお腹が空いているだろうし……料理を用意して、本格的にホームパーティー開始だっ……！

「おいしい……！」

　パスタを食べた百虎さんが、きらきらと目を輝かせていた。

　喜んでもらえて、よかった……。

「……うまい」

「鈴蘭……あたしのお嫁さんになって……」

　ふふっ、美虎ちゃんってば。

「料理までできちゃうなんて、すごいね鈴ちゃん。それにしても、どうしてこんなに上手なの？」

　そこまで上手な部類には入らないと思う。ただこれまで、家で作っていた程度だから。

「小さい時から、家で料理当番をしていて……」

　それに……私の料理を食べても、誰もおいしいとは言ってくれなかった。

　おいしくなさそうにご飯を食べるお母さんの顔を思い出す。

　だけど不思議と、もう悲しくはない。

　私には今……夜明さんやみんながいてくれるから。

「そっか……」

「なんだか……その頃のことが懐かしいです。まだ半年く

らいしか経っていないのに……」

　夜明さんと出会ってから……何年も時が過ぎた気がする。

　そのくらい、夜明さんとの出会いは私の人生を180度変えてくれた。

　あの時の私は、誰かの愛が欲しいと思っていたけど……今は少し違う。

　今は……夜明さんの愛だけが欲しい。

　夜明さんのことを考えると、途端に寂しさが襲ってくる。

　会いたいな……。

「夜明に会えなくて寂しい？」

「えっ……」

　まさか顔に出ていたのか、百虎さんに図星を突かれた。

「ふふっ、鈴ちゃんがそんな顔してるって知ったら、飛んで会いにくるかもね」

「そ、そんな顔してましたか？　は、恥ずかしいです……」

　百虎さんに見えないように、片手で顔を隠した。

「でも、もうすぐ会えるので、我慢できます」

「会えるのが楽しみだね」

「はいっ……！」

「あ、写真撮ろうよ」

　写真……？

　断る理由もなく、みんなで集まって1枚写真を撮る。

「夜明に送って自慢してやろっと。鈴ちゃんの手料理食べてますって」

「ふふっ、自慢にならないですよ」

　いたずらっ子のように笑う百虎さんがおかしくて、私も笑ってしまった。

「何言ってるの。夜明は引くほど嫉妬すると思うよ」

　え……？

　私の言葉を冗談だと思っているのか、「正気？」と言いたげな百虎さんの視線。

　引くほど嫉妬って……それこそ冗談かな……？

「夜明さんはそんな嫉妬深くないですよ」

　答えると、百虎さんは顔を引き攣らせた。

　よく見ると、周りのみんなも同じような反応をしている。

　竜牙さんは、こほんと咳払いをしていた。

　そんな……どうしてみんな、宇宙人を見るような目で私を見てるんだろう……。

「……鈴ちゃんってさ、前から思ってたけど人の感情に鈍感だよね」

　竜牙さんの言葉が、ぐさりと心に刺さった。

　そ、そうなのかなっ……ショックかもしれないっ……。

「夜明は、独占欲の化身だよ？」

「え……？」

　よ、夜明さんが……？

「ほんとに感じたことない？　夜明、正直重いでしょ？」

「お、重い……？」

　何を言っているのか全然わからなくて、困惑する。

　そういえば、夜明さん自身も自分のことを重いってたま

に言っている気がする。

「ほんとに自覚ないんだね……尊敬するレベルだよ……」

　私の反応を見て、驚愕している百虎さん。

　どうして尊敬に繋がるのかもわからないけど……私は自分が思っている以上に、夜明さんのことをわかっていないのかもしれない。

　他のみんなも驚いているから、きっと私の認識がずれているんだろう。

「夜明さんが大事にしてくれていることはちゃんとわかっています……！　ただ、重いとか嫉妬とかは、あんまり思ったことがなかったので……」

　重いって、マイナスな言葉だと思うけど……夜明さんに対して嫌だと感じたことは1回もない。

「……夜明は、鈴ちゃんに愛してもらえて本当に幸せだろうね」

　……し、幸せ……？

「どうしてふたりがうまくいってるのかわかったよ。普通の子なら鬱陶しくなるくらいだと思うけど……鈴ちゃんの無自覚さに感謝しなきゃ……」

　自覚がないのがダメという話だと思ったけど、受け入れられてしまってますます混乱する。

「でも、嫌な時は嫌って言うんだよ。夜明の独占欲に拍車がかかっちゃうから」

「そうですよ鈴蘭様。鬱陶しい時は鬱陶しいと、言葉にしてもいいんです」

　竜牙さんまでっ……。

「ほ、本当にありません……！　むしろ、私のほうが……夜明さんのことばっかり、考えていると思う、ので……その……」

　重たいっていうなら……私のほうだと思う……。

　しん……と、みんなが静かになった。

　あれ……この沈黙……ま、また変なことを言ってしまったかな……？

「えー……なにそれ、可愛い……。めちゃくちゃときめいたんだけど」

　ときめいた……？

　ど、どこにだろう……？

「……」

「黒闇神……ずるい……」

「鈴ちゃんに愛されてる夜明が羨ましいなぁ……」

　雪兎くんは黙り込み、美虎ちゃんと百虎さんはぼそっと呟いている。

「百虎も恋人を作ったらどうですか」

　竜牙さんは微笑みながら百虎さんを見ていた。

　百虎さんが恋人……そういえば、今は恋人はいないのかな……？

　なんて答えるんだろうと思い百虎さんをじっと見る。ふっと微笑んだ百虎さんは、なぜか私を見て口を開いた。

「……誰でもいいわけじゃないからいらない」

　そっか……。

　やっぱり、百虎さんは真面目な人だと思う。

　誠実というか……相手にも失礼だからってことだよね。

「俺、結構ピュアなんだから」

「よく言いますね」

　なぜか少し低い声でそう言って、ため息をついた竜牙さん。

「ちょっと、竜牙くんの笑顔怖いよ……それに、ほんとだから。偽りの愛なんていらないしね」

「それは同意ですね」

「あたしも鈴蘭の愛がほしい……」

　ぎゅっと抱きついてくる美虎ちゃんが可愛くて、ふふっと笑った。

「可愛い……あたしの鈴蘭……」

「お前、夜明さんがいないからって最近調子に乗りすぎだろ」

　そうなのかな……？

　美虎ちゃんが可愛いのは、いつも通りな気がする。

「それじゃあ、鈴ちゃんに確かめさせてあげよう」

　百虎さんはそう言って、スマホを操作した。

　画面を見ている百虎さんの口元が、すぐににやりと釣り上がる。

「ほら、早速きた」

　スマホ画面を私のほうに向けた百虎さん。映し出されていたのは、夜明さんとのトーク画面だった。

　私との写真と一緒に、『鈴ちゃんの手料理いいでしょ？』

という文章が送られている。

　そして、ものの数秒でメッセージが返ってきていた。

【お前を消してやろうか】

【今すぐ鈴蘭から離れろ】

　よ、夜明さんっ……！

「ていうか、いつもは既読すらつけないくせに秒速で返ってくるの怖いよね」

　あれ？　スマホが震えてる……って、え！

「あ、あの、夜明さんから電話が来ました」

「やば……やっぱり怖すぎる」

「で、出てもいいですか？」

「ダメって言いたいところだけど、怒らせたらやばそうだから出てあげて」

　すぐにボタンに触れて、通話に出た。

「も、もしもし」

『鈴蘭、手料理を作ったのか？』

　開口一番に夜明さんからの質問。

「あ……は、はい」

『俺も食べたい』

　可愛くて、きゅんと胸が高鳴る。

「そんなの、いつでも作ります……！」

『本当か？』

「はい……！」

『俺も今すぐそっちに行きたい。はぁ……百虎にはくれぐれも気をつけてくれ』

　要注意人物のように百虎さんの名前をあげる夜明さんに、「あはは……」と苦笑いした。

『冗談じゃないぞ。そこにいるのは全員敵だと思ってくれていい』

　こ、ここにって、竜牙さんや雪兎くんや美虎ちゃんも？

　ど、どうしてだろうっ……。

「あの、夜明さんは今何をしてたんですか？」

『俺は……食事中、だった』

　少し歯切れが悪いのが気になったけど、食べていたからかもしれない。

「そうだったんですね……！」

『早く鈴蘭と一緒に飯が食いたい』

「ふふっ……私もです」

『急に電話して悪かった』

「いえ……声が聞けて、嬉しいです。ちょっと早いおやすみ通話ですね」

　いつも、夜寝る前の通話が日課になっていた。

　だけど今日は、これがおやすみの通話になりそう。夜明さんは忙しいだろうし、長電話している時間もないだろうから。

『そうだな……また明日も電話する。夜更かしはしないように、ゆっくり休んでくれ』

「はいっ……おやすみなさい」

　声が聞けるだけで、安心できる……。

　声色も元気そうで、よかった。

　通話を切ると、百虎さんたちがじっとこっちを見ていた
ことに気づいた。

「見せつけられちゃったね……」

　きっとだらしない顔をしていただろうから、それを見ら
れていたとわかって一気に恥ずかしくなった。

　ひ、人前での通話は、控えなきゃ……。

最初で最後

【side 竜牙】

「ふふっ、かわいい寝顔」

　ソファーで肩を寄せ合いながら、眠っている鈴蘭様と美虎様。

　美虎様は勉強の疲れがたまっていたのか鈴蘭様に寄り添いながら先に眠ってしまって、気づけば鈴蘭様もお眠りになっていた。

　鈴蘭様も、美虎様の勉強を見ながらご自身のテスト勉強もしていたから、相当お疲れだろう。

　テスト対策のノートまで美虎様のために作っていたし、美虎様が補習にかからなくて済むように必死になっていた。

　今回美虎様が無事に赤点を回避できたのも、鈴蘭様の努力の賜物。

「……おい、どっちの寝顔見て言ってんだ」

「もちろん、どっちもだよ」

　さらっと答えた百虎を、雪兎が睨んでいる。

「雪兎こそ、俺の妹は可愛くない？」

「当たり前だろ。こいつは悪魔だ」

「ははっ、じゃあ鈴ちゃんは？」

「てん……っ、何言わせよーとしてんだよ……！」

　口が滑りそうになったのか、顔を真っ赤にしている。

　雪兎はいつまで経っても、好きな子に素直になれない中

学生みたいだな……。

　わたしは雪兎を怒らせるのは趣味ではないから、口には出さないでおく。

「でも、夜明と鈴ちゃんがうまくいっている理由がわかったよ。鈴ちゃんって、本当にあの独占欲に気づいてないんだね」

　百虎も驚いたのか、しみじみとした様子で呟いている。

「夜明は鈴ちゃんの鈍感さというか……寛大さに感謝しなきゃ」

　本当にその通りだ……。

　こんな横暴を笑顔で許してくれるのは、鈴蘭様くらいだと思う……全く。

「鈴蘭様が不満を言わなさすぎて、夜明が日に日に調子に乗っているんですよ。本当に困ります」

「ふふっ、幸せな悩みだ」

　百虎はそう言って笑ったあと、少し真剣な表情に変わった。

「鈴ちゃん、最近どう？　やっぱり夜明がいなくて寂しそうにしてる？」

　やっぱり、百虎も鈴蘭様の様子が気になっていたらしい。

「そうですね……あまり態度には出さないようにしようと我慢されているみたいですが、相当寂しがられているかと」

　鈴蘭様は周りに心配をかけるのを極度に避けようとするから、いつも気丈にふるまっているが、内心はずっと不安を隠して生活しているんじゃないかと思う。

　……というより、夜明が何も言わなさすぎて、不安がっているんだろう。

　鈴蘭様に心配をかけまいと、夜明が隠していることもわかっているが……逆にそれが、鈴蘭様を不安にさせているように思う。

　お互いを想い合っているのに、すれ違っているというか、そういう意味でも心配は尽きない。

　披露宴のことについても……伝えるべきだとは思う。

　それに"黒幕"のことも。

　実は、もう相手の素性はわかっていた。

　本来なら、鈴蘭様にも伝えてもいいはずだが……余計な心配をかけたくないと、夜明が頑なに言うのを嫌がっている。

　あの事件から、夜明はますます過保護……と言っていいのかわからないレベルに、鈴蘭様を囲んでいる。

　鈴蘭様は知らないが、定期的にラフをよこしては鈴蘭様の姿を見ているし、監視のレベルも今までの倍になった。

　学内、学外に警備を置き、私にも逐一鈴蘭様の報告をするように求めてくる。

　とにかく鈴蘭様を失いたくないという気持ちはわかるが、夜明の異常な執着には、周りの人間も戸惑っていた。

　きっと今も離れて暮らしているのが気が気ではないんだろう。

　最後まで離れて暮らさない方法を考えていたし、今寂しがっているのも、苦しんでいるのも夜明のほうだ。

　離れている間、夜明は眠れない夜を過ごしているだろう。

　もちろん……鈴蘭様も、寂しがっているのは同じだと思うけれど。

「そっか……まあそうだよね。夜明にとって鈴ちゃんが唯一無二なように、鈴ちゃんにとっての夜明もそうだろうし」

　百虎は、何かを諦めたようにふっと笑った。

「結局、鈴ちゃんを暗闇から救い出したのは夜明だしね」

　愛おし気に、ふたりの寝顔を見つめている百虎。

　その視線が、美虎様に向けられているのか、鈴蘭様に向けられているのかは、確認しないでおく。

「それじゃあ、美虎のことは俺が連れて帰るよ。雪兎もそろそろ帰ろっか」

「……ああ」

　美虎さまをおぶって、立ち上がった百虎。

「じゃあまたね」

「失礼します、竜牙さん」

「おやすみなさい」

　さて……私も鈴蘭様をお運びしよう。

　と言っても、触れていいものかわからず、伸ばした手が宙をまう。

　鈴蘭様は女神の生まれ変わりだからという理由ではなく、純粋で、なんというか……神秘的なお方だから、髪に触れるのすらためらってしまう。

　いや……これはお運びするだけ。何もやましい気持ちはない。

　そう自分にいい聞かせて、そっと鈴蘭様を抱きかかえた。

「……」

　軽い。軽すぎる。

　出会った頃は過酷な生活のせいで痩せすぎていて、それよりは少し健康的にはなったけど、本当に羽のように軽い。

　人間はこんなにも軽いのか……？　いや、鈴蘭様はきっと特別だ。

　もっと食事の量を増やしたほうがいいかもしれない。

　ただ、鈴蘭様は残すのはもったいないと、いつも無理をして完食しようとするから、様子を見て量を増やさなくては。

　鈴蘭様を寝室にお運びし、ベッドにそっと寝かせる。

　手を離そうとした時、鈴蘭様の手が私の服を掴んだ。

「……鈴蘭様？」

　起きているのかと思い確認したが、鈴蘭様はすやすやと眠っていて、どうやら無意識での行動らしい。

　ゆっくりと手を離そうとしてみたが、鈴蘭様はますます握る力を強める。

　まるで、離れることを拒むように。

　無理やり離すと、鈴蘭様が起きてしまわれるかもしれない……。

　どうしようか悩んだ時、今度は腕ごと引っ張られた。

　それほど強い力ではなかったが、体勢が不安定だったため、鈴蘭様に覆いかぶさる状態になってしまう。

　こんなところを夜明に見られたら……命が危ない。

　それに、いろいろと……私も危ない。

　またすぐに離れようとしたが、鈴蘭様はそんな私の気も知らずに、あろうことか身を寄せてきた。

　温もりを求めるように腕にしがみついてきた鈴蘭様に、どくりと心臓が大きく脈を打つ。

　まずい……これは……。

　鈴蘭様……相当寝ぼけている……。

「よあけ、さん……」

　夜明の名前を口にした鈴蘭様は、幸せそうに微笑んだ。

「だい、すき……です……」

　……なるほど。

　私を夜明と、間違えているのか……。

　私の胸に頬をすり寄せて、すやすや眠っている鈴蘭様を見つめる。

「……憎らしいほどかわいいですね、あなたは」

　本当に、この人は天使かと思うほどかわいらしい寝顔。でも……この表情が夜明を想ってのものだと思うと、黒い感情も湧き上がってくる。

　ダメだとわかっていても、抑えが効かなかった。

　そっと鈴蘭様を抱き寄せて、背中に腕を回す。

　私もどうかしている……日に日に、鈴蘭様に抱いてはいけない感情が、膨れ上がってきている自覚がある。

　この人は、自分の命よりも大事な主人の婚約者。

　そっと離れようともう一度試みたが、鈴蘭様は許してく

れなかった。

「……ダメ……」

　さっきの幸せそうな笑顔とは対照的に、泣きそうな表情
と声色。

「いかない、で……」

　鈴蘭様……。

　いつも平気なフリをしていたが……夜明と離れて、心細
くてたまらなかったのかもしれない。

　普段、自分の感情を押し殺す鈴蘭様。鈴蘭様の些細な変
化も見落とさないようにと見守っていたつもりだが……こ
んなに寂しがられているとは思わなかった。

　夜明が知ったら、喜びそうだ……想像したら腹がたつか
ら、言わないでおこう。

　こんなところを誰かに見られたら私の身が危険だ。な
んとしてでもこの腕を振り解くべきなんだろうが……今
は……。

「大丈夫ですよ。ずっとおそばにいます」

　この人から、離れたくない。

　少しでも、寂しい思いをさせないように……。

　鈴蘭様を見つめると、安心したようにまた口元を緩ませ
ている。

　ああ、本当に……かわいい方だ……。

　どうか今だけは許してほしいと神に許しを請いながら、
愛おしい人を抱きしめられるこの時間が、ずっと続けばい
いのにと願わずにはいられなかった。

浮気疑惑

『鈴蘭、こっちへおいで』

　私を見て、優しく微笑んでくれる夜明さん。

　私は導かれるように、夜明さんにしがみつく。

『会いたかった』

『私も会いたかったですっ……』

　久しぶりに感じる夜明さんの温もりをもっと感じたくて、隙間（すきま）がなくなるほど強く抱きついた。

「ん……」

　少しずつ意識がはっきりとしてきて、ゆっくりと瞼（まぶた）を持ち上げる。

　あれ……？

　今は夜明さんがいなくて、ひとりで眠っているから、このベッドには私ひとりなはず。

　……なのに、誰かに抱きしめられているような温もりを感じる。

「りゅ、竜牙さんっ……!?」

　視界に映った人物に、わたしは目を見開いた。

　ど、どうしてっ……私、竜牙さんに抱きついて……っ。

「え……ど、どうして、あの……」

　急いで立ち上がって、竜牙さんから離れる。

　そういえば……さっきまで、夢を見ていた気がする。夜

明さんに抱きしめられる、すごく幸せな夢だった。

　私も必死に抱きついていたけど……もしかして……竜牙さんに抱きついてた……？

　私を見て、意味深な笑みを浮かべた竜牙さん。

「昨日のこと、覚えていらっしゃいませんか？」

　昨日の、こと……？

「何があったのか……忘れてしまいましたか？」

　嘘……私と竜牙さん、何か、あった……？

　もしかしたら……寝ぼけてキス、とか……。

　私、もしかして……夜明さんを裏切ってしまった……？

　さーっと、血の気が引いていく。

　夜明さんの笑顔が脳裏をよぎって、涙が溢れた。

「……っ、わ、私……」

　最低だ……覚えてないとはいえ……一緒に眠ってほしいって竜牙さんにお願いしたのかもしれない。

　こんなの、浮気だ……。

　夜明さんの婚約者、失格っ……。

「す、鈴蘭様、泣かないでください。すみません、いたずらがすぎました……！」

　いたずら……？

　珍しく取り乱している竜牙さんの姿に、パチパチと瞬きを繰り返す。

「昨晩、鈴蘭様がわたしのことを夜明だと勘違いされていて……」

「わ、私が、しがみついてしまいましたか……？」

「はい……ですが、ただそれだけです。ご心配したようなことはありませんでしたので、ご安心ください」

　竜牙さんの言葉に、ほっと安堵の息を吐いた。

　よかったっ……。い、いや、よくないよっ……！

「……す、すみませんでしたっ……」

　寝ぼけていたとはいえ……竜牙さんに、だ、抱きつくなんて……。

「夜明さんにも謝ります……」

　深く頭を下げて、竜牙さんに許しを乞う。

「寝ぼけていらっしゃっただけですので、謝る必要なんてございませんよ。わたしも役得でしたので」

　役得……？

「それに、抱きしめたのは……」

「……？」

「……いえ。これは、わたしと鈴蘭様だけの秘密です」

　人差し指を唇に当てて、いたずらを企む子供みたいに微笑んでいる竜牙さん。

「は、はいっ……」

　とっさに返事をしたものの、夜明さんに次会ったら、ちゃんと謝ろう……。

　もし夜明さんが、私と間違えていたとしても、他の女の子と一緒に寝ていたら、いやだから……。

　自分がされて嫌なことを夜明さんにしてしまったと思うと、ますます罪悪感が溢れた。

　夜明さん、本当にごめんなさい……。

「そんなに落ち込まないでください。そういえば……もう
あと1週間ですね」

　竜牙さんの言葉に、わたしは笑顔で頷いた。

「はい……！」

　1週間後……ついに、夜明さんに会える。

　長かった1ヶ月間も、終盤に差し掛かっている。

　披露宴が終わったら……夜明さんもここに戻ってきてく
れる。

　夜明さんとの再会を前に、私の心はうきうきしていた。

犯人探し

　慌ただしい日々を送っていた時、俺に来客があって、家の広間に移動した。

　中に入ると、ソファに横並びに座っている苆生と……婚約者の姿があった。

「待たせてすまない」

　俺が現れたことに気づいた婚約者は、立ち上がって頭を下げた。

「初めまして……苆生の婚約者の、絵里香です。本日はお招きいただき、ありがとうございます」

　黒い服に身を包んでいる婚約者。

　黒は夜行性の正服（ノクタール）のため、こちらのマナーに従って用意したんだろう。

「こちらこそ、出向いてくれて感謝する。座ってくれ」

　俺もふたりの前のソファに座って、顔を向かいあわせた。

　笑顔を浮かべていた苆生の婚約者が、ゆっくりと真剣な表情に変わった。

「夜明さんがあたしを呼んだのは……白神さんの話を聞くためですよね」

　俺の目的をわかっていたのか、自分から話を切り出してきた婚約者。

「絵里香……よ、夜明は、君を疑ってなんていないよ」

「いいんです。疑われて当然ですから」

　諦めたように莇生の手を払いよけた後、じっと俺を見つめてきた婚約者。

「単刀直入に言いますが、あたしは白神さんとの繋がりはありません」

「……」

「確かに……あたしは、白神さんが好きでした」

　情報でも、白神との婚約を熱心に頼み込んでいたと聞いた。

　彼女が白神に好意があったのは事実だろう。

「婚約したと聞いた時はショックでした。……相手の女性を恨みました」

　一瞬言うのをためらったのは、相手が俺の婚約者である鈴蘭だと知っているからだろう。

　白神の婚約については、それほど情報が回っていなかったはずだが……莇生が伝えたのかもしれない。

　まあ、調べれば出てくるか、これについては追求する必要はない。

「でも、そんなあたしを彼が支えてくれたんです。それで、正式にお付き合いを始めて……」

　莇生の顔を見て、微笑んだ婚約者。莇生もまた、感極まったように口元を緩ませている。

「今はむしろ、白神さんと婚約しなくてよかったとさえ思っています。彼に対しては、嫌悪感しかありません」

　好意が、憎しみに変わったということか……。よくある話だ。

「今回の件……夜明さんは、白神さんが関わっていると思っているんですよね」

「……ああ」

「あたしも……その線はあるかと思います」

　婚約者の発言に同意するように、隣にいる莇生が頷いた。

「白神は、鈴蘭ちゃんに近づくことはできないんだよね？　夜伊さんの能力で」

　莇生の言う通り。白神には、母親が能力をかけている。

　今もやつは、鈴蘭には近づけない。

「夜伊さんが解除するまで有効……ってことは、夜伊さんが死ねば、その能力は解除されるってことでしょ？」

「……ああ」

　それも事実だ。

　能力が解除されるのは、母親が自発的に解除するか、もしくは母親が亡くなるか。そのどちらか。

「黒闇神家を狙っているのも……夜明と夜伊さんを始末して、女神の生まれ変わりである鈴蘭ちゃんを手に入れるためだと思えば……筋は通っていると思うよ」

「……」

「……何か、あたしたちに協力できることはありますか？」

　先ほどと同じ真剣な表情で、莇生の婚約者が聞いてきた。

「親戚になるんですから……なんでも言ってください」

　相手が、協力的な魔族でよかった。

「ありがとう。披露宴を予定通り開いてくれるだけで構わない。ふたりも巻き込んでしまって悪いな」

「いえ……とんでもありません。もとはと言えばあたしの
都合で、披露宴を早めることになってしまって……それに
応じてくださった黒闇神家の方々には感謝しています」

　婚約者は、俺を見て深く頭を下げた。

「本当は、全員に影武者を用意して、相手を誘き寄せるの
が一番安全だが……相手もそこまで馬鹿ではないだろうか
らな」

　披露宴には、どうしても全員で出席しなくてはいけない。

　相手の作戦を決行させるためにも。

　実は、何度か鈴蘭と俺の影武者を彷徨かせたことがあっ
たが、一切被害に遭わなかった。

　間違いなく、相手側に生命体を認識できる能力者がいる。

　ダミーを用意したところで、勘付かれて警戒されるだろ
う。

　相手が日を改めたら、またこの状況が長引いてしまう。
それだけは御免だ。

　鈴蘭とこれ以上会えなかったら……気が狂ってしまう。

「当日は、ふたりや招待客の身の安全は確保すると約束す
る。だから……俺たちに任せてほしい」

　決意を込めてそう言えば、ふたりは俺を見ながら深く頷
いてくれた。

「わかった」

「はい、任せてください」

　相手にも会えたことだ……話はここまでにしよう。有益
な情報も聞けたからな……。

「これが終わったら、盛大に結婚式を挙げてくれ。どんな
ドレスでも、豪勢な挙式でも用意しよう」

「ふふっ、ほんとに？　いつでも君のドレス姿が見えるよ
うに、レンタルじゃなくて最高のドレスを買ってもらおう
か。オーダーメイドでもいいかもしれない」

　嬉しそうに微笑んでいる莇生に、俺も同じものを返した。

　ふたりと別れて、自分の部屋に戻る。そのまま、ベッド
に横になった。

　カレンダーを見て、もう少しの辛抱だと自分に言い聞か
せた。

　鈴蘭と会えない日々も、あと1週間。

　今すぐに抱きしめたい衝動をぐっと堪えて、残りの日々
を耐え抜くつもりだ。

　鈴蘭とは毎日電話をしていて、竜牙や百虎、雪兎から鈴
蘭の話も聞いているが……無事に過ごしているか、毎日心
配でたまらない。

　能力の抑制装置もつけているし、能力を使うこともない
とは思うが……近くにいられないというのは、こんなにも
苦痛なんだな。

　最近はまともに眠れていない……疲れが溜まっている。
一瞬でもいいから鈴蘭に会いたい。あの笑顔が見たい。抱
きしめたい。

　もうすでに、気が狂ってしまいそうだ。

　それでも、これは鈴蘭との平穏を取り戻すために必要な

期間だ。

　再び自分に言い聞かせて、体を起こした。

　あいつらから話も聞けたことだ……引き続き、準備を始めよう。

デート？

　毎朝の恒例。カレンダーにペケをつけていく。

　あと３日で、夜明さんに会えるんだっ……。

　長かった１ヶ月も、残り３日。

　夜明さんと会える日を目前にして、私の気分は最高潮に達していた。

　はぁ……早く３日後になってほしいな……。

　毎日電話をしているけど、やっぱり顔を見て話したい。

　何より……夜明さんの隣は、私にとって世界で一番落ち着く場所だから。

　早く会って、ぎゅってしたい……。

　学校の授業中も、ずっと夜明さんのことを考えてしまった。

　ちゃんと授業に集中しなきゃいけないのに、もう３日後のことしか考えられない自分がいる。

　隣にいる雪兎くんが、じっと何か言いたげな目で私を見ていることに気づいた。

「お前、顔に出すぎ」

「えっ……」

「そんなに夜明さんに会いたいのかよ」

　そ、それは……もちろん……。

　できることなら……もうこんなふうに、１ヶ月も離れて

暮らすことは避けたい。

「ま、別にいいけど……」

「雪兎くん、どうして不機嫌なの？」

　そっぽを向いた雪兎くんに、首をかしげる。

「は？　別に不機嫌じゃねーし」

　雪兎くんはそう言っているけど、明らかに不機嫌オーラが全身から溢れ出ている。

「つーか、俺はいつもテンション低いだろ」

　テンションが低いというか、雪兎くんはいつも冷静だ。

「でも……表情とか、そういうのでわかるよ」

　友達だから、雪兎くんや美虎ちゃんが落ち込んでいたり、不機嫌な時は気づける自信がある。

「……」

　またしても、何か言いたげな目で私を見ている雪兎くん。

「お前って、罪な女」

「え？　ど、どうして？」

「知らねー。くそ、責任取れ」

　ますます機嫌を損ねてしまったかもしれないと思ったけど、よく見ると雪兎くんの耳が赤くなっていた。

　あれ……照れてる？

　どこに照れる要素があったのかわからず、困惑してしまった。

「鈴蘭……責任なんてとらなくていい……こいつの存在は無視して……」

　美虎ちゃんは相変わらず、雪兎くんに辛口だ。

「席についてください」

　担任の先生が入ってきて、帰りのＨＲ[ホームルーム]が始まった。

「本日、美化委員の集会があります。委員の人はこのあと家庭科室に集まってくださいとのことです」

　先生の言葉に、雪兎くんと美虎ちゃんが顔を歪めた。

「げ……」

「美化委員……」

　そういえば、美虎ちゃんはこの前美化委員だって知ったけど……もしかして、雪兎くんも？

　あからさまに嫌そうな顔をしているから、きっとそうに違いない。

　あ……だから雪兎くん、美化委員について詳しかったんだっ……。

「それでは、さようなら」

　先生の号令を合図に、ぞろぞろと帰っていくクラスメイトたち。

「鈴蘭様、また明日！」

　挨拶をしてくれるクラスメイトもいて、私も笑顔を返していく。

「えっと……ふたりはこれから家庭科室に行くの？」

　恐る恐るそう聞けば、雪兎くんが舌打ちをした。

「美化委員なんかしらねーよ……委員決めの時に欠席したら、勝手に決められてたんだよ……サボる」

「あたしも……認めてない……最近活動多くてめんどくさい……今日はもう行かない……」

た、大変そう……あはは……。

「しゅ、集会なんてきっとすぐに終わるよ……！」

　さすがに委員ふたりとも欠席はまずいと思い、ふたりを説得する。

「そうだよ、鈴ちゃんが困ってるでしょ」

　わっ……百虎さん……！

　急に現れてふたりの肩を叩いた百虎さんに、美虎ちゃんと雪兎くんもびっくりしていた。

「……っ、気配消して近づくな……！」

「……」

「鈴ちゃんのことは俺にまかせて、行っておいで。委員会は大事な学業の一環だよ」

　百虎さんに説得されて、ふたりはしぶしぶ立ち上がった。

「鈴蘭……また明日……」

「百虎に変なことされたら連絡しろよ」

「とんでもない捨て台詞残していくな……」

　百虎さんはあははと乾いた笑みを浮かべている。

「てことは、今日は俺ひとりか」

　え？　あ……そういえば……。

「あの、竜牙さんは……」

「竜牙くんも美化委員だったんだよ。それで、俺が代わりに来たの」

　竜牙さんもだったんだ……あはは。

　5人中3人が美化委員なんて、すごい確率だ。

「このまま帰るのもあれだし……鈴ちゃん、行きたいとこ

ろとかない？　学外は禁止されてるけど、図書館とか」

「あっ、図書館に行きたいです……！　いいですか？」

「もちろん。その帰りに、この前の花園に行こうよ」

　花園ってもしかして……前に、百虎さんが連れて行って
くれた……？

「行きたいです……！」

　もう一度行きたいと思っていたから、すごく嬉しい提案
だった。

「決まり。それじゃあ今日は、校内デートだね」

　デ、デート？

「さ、行こ」

　私が否定するよりも先に、百虎さんは図書館のほうへと
歩き出した。

花の媚薬
びゃく

【side 百虎】

　奇跡的に鈴ちゃんとのふたりの時間を手に入れた俺は、柄にもなく舞い上がっていた。

　まさか……3人とも同じ委員会なんて。美化委員の活動に、感謝しなきゃ。

　もちろん、みんなで集まるのが嫌ってわけじゃないし、みんなでいるのも好きだけど、俺だってただの高校生だ。

　好きな子とふたりきりになったら……そりゃあ嬉しいし、浮かれもする。

「図書館に来るのも久しぶりです」

　周りの利用客に気を使ってるのか、嬉しそうな声色とは裏腹に小声で俺に話してくれる鈴ちゃん。

　うきうきしてて、かわいいな……。

「あっ……」

　目当ての本を見つけたのか、上のほうの棚を見ている鈴ちゃん。

　あれかな……？

　鈴ちゃんの視線を辿って、手を伸ばして本を取る。

「ありがとうございますっ」

　笑顔でお礼を言ってくれる鈴ちゃんに、俺も口元が緩む。

　ほんとに、かわいい……ずっと見ていたいくらい。

　ぱらぱらと本をめくって、借りるかどうか悩んでいる鈴

ちゃん。

「あの、百虎さん、暇じゃありませんか……？」

え？

「私は平気なので、他の本棚を見てきてもらっても……」

　俺がずっと黙っていたから、つまらないかもって気を使ってくれたのかな。

　鈴ちゃんに、見惚れてただけなんだけど……。

「俺は鈴ちゃんと一緒にいられるだけで楽しいよ」

「ほ、ほんとですか？」

　俺の言葉に、なぜかすごく喜んでいる鈴ちゃん。

「私も百虎さんといるとすごく楽しいので、そう言っていただけるのは、嬉しいですっ」

　なにそれ……可愛いな……。

　そんなふうに言われたら、ますます舞い上がってしまいそうになる。

　最近、前にもまして鈴ちゃんが可愛くて困る。

　この時間がずっと続けばいいのに……。

　夜明が戻ってきたら、またふたりで過ごす時間なんてなくなるだろうな。

　友達だから、もちろん戻ってきてほしいとは思うけど、夜明が帰ってくるまでに……鈴ちゃんとの時間をもっと作れたらいいな。

　図書館で本を借りてから、学内のカフェでドリンクを買って花園に行った。

　この前来た時から……咲いている花が変わっている。

　季節の移り変わりを感じるな。

「わあっ……」

　鈴ちゃんは花園を見て、目をきらきらと輝かせていた。

　かわいいまんまるの瞳が、ますます輝いている。

「この前連れてきていただいた時も思いましたけど……本当に綺麗ですねっ……」

　花に見惚れている鈴ちゃんは、いつも以上に綺麗だった。

　こんなにも目を奪われる花がたくさんあるのに……俺の視界には、鈴ちゃんしか映らない。

「お花の甘い香りがします」

　１輪の花をそっと触って、顔を近づけた鈴ちゃん。

　あまりに絵になる光景だった。

「ふふっ、いい香り」

　この光景を写真に収めてしまいたかったけど、そんなことをしたらいよいよ変質者みたいだ。

「喜んでもらえてよかった」

　それにしても……今日は特に、花の匂いが濃いな。

　俺は嗅覚が突出していいから、余計にそう思う。

「あ、見てください……！　この花、とっても可愛いです……！」

「ほんとだね」

　鈴ちゃんが、桃色の花を見て嬉しそうに微笑んだ。

　鈴ちゃんにぴったりの、可愛い花だ。

　それに……他の花よりも特に——甘い。

「……っ」

　突然、体に異変を感じた。

　なんだ、これ……。

　誰かの能力かと思い周りを見たが、魔族の気配はない。

　体温がどんどん上昇していくのがわかる。呼吸が乱れ、意識もぼうっとしていた。

　まさか……この花、媚薬成分があるのか……？

「百虎さん……？」

　黙り込んだ俺の顔を、鈴ちゃんが心配そうに覗き込んできた。

　……まずい。本当にまずい。

「か、顔が真っ赤ですけど、大丈夫ですかっ……？」

　今……鈴ちゃんのそばにいたら、まずい……っ。

　どんな花よりも、鈴ちゃんから甘い匂いがする。

　ダメだとわかっているのに、判断能力が曖昧になっているのか、無意識に手を伸ばしてしまう。

「すず、ちゃん……」

　心配そうに俺を見つめている鈴ちゃんに、意識がどんどん朦朧としてくる。

「逃げて……俺から……すぐにっ……」

「え……？」

　逃さないように、鈴ちゃんの腕を掴む。

　言っていることとやっていることが真逆の俺に、鈴ちゃんは困惑していた。

「ごめん鈴ちゃん……」

　どうしよう……誰か……っ、来てくれ……。

　目の前の鈴ちゃんが、甘そうで、おいしそうで、頭がく
らくらする。

「俺もう、止まれない……っ」

　自分を制御できなくて、鈴ちゃんの首筋に牙を立てた。

【Ⅸ】それぞれの想い

意外な救世主

「すず、ちゃん……逃げて……俺から……すぐにっ……」

「え……？」

　逃げてと言った百虎さんが、私の腕を掴んだ。

　そのままベンチに押し倒されて、私の上に百虎さんが覆いかぶさってくる。

「ごめん鈴ちゃん……」

　百虎さん、ど、どうしちゃったんだろうっ……。

　私を見つめる百虎さんは、息を荒げていて、目が少し充血している。

　いつもの百虎さんとは違う様子に、すごく心配になった。

　よく見ると、いつもは見えない牙が口の隙間から覗いている。

　顔も赤くなっていて、まるで……獲物を前にした、肉食獣みたいだった。

「俺もう、止まれない……っ」

　百虎さんの顔が、私に近づいてきた。

　首に痛みが走って、顔が歪む。

　か、噛まれてる……っ。

「何やってるのよ……！」

　えっ……？

　突然星蘭の声がしたと思ったら、目の前から百虎さんがいなくなった。

　星蘭がベンチから落としたんだとわかり、勢いよく起き上がる。

　下を見ると、苦しそうにもがく百虎さんの姿が。

「正気に戻りなさい！」

　せ、星蘭、どうしてここにっ……。

「こんなところ、写真でも撮られたらどうするの!?　批判を受けるのはお姉ちゃんなのよ！」

　怒っているのか、百虎さんに必死に訴えている星蘭。

　助けてくれたんだと思い、星蘭の気持ちは嬉しかったけど、今にも百虎さんに殴りかかろうとしている星蘭を止めた。

「お、落ち着いて星蘭……！　百虎さん、なんだか様子が変なの……!?」

「え……？」

　普通じゃないというか……何かに当てられたみたいにおかしくなってる。

　それに、百虎さんは自分を制御しようとしていたし、私を傷つけるつもりはなかったはずだ。

「ご、めん……俺から離れて……君、早く鈴ちゃんを連れていって……」

　今も、苦しそうに呼吸をしながら、私に逃げるように訴えてきた。

「……お姉ちゃん、行くよ」

「え、でもっ……」

　こんな状態の百虎さんを残していくなんて……。

「俺は平気だから……行って……っ、また、あとで」

　私を見て、苦しそうに微笑んだ百虎さん。

　私は星蘭に手を引かれるがまま、その場をあとにした。

　どうしよう……念のため、竜牙さんに連絡を入れておかなきゃ……。

「なんなのあいつ」

　訝しげに眉を顰めている星蘭。

　本当に、どうしたんだろう……。

　さっきまでは普通だったのに……。

「多分、お花の匂いを嗅いでから、様子が変になって……」

「そういえば、虎の末裔とか言ってたわね……嗅覚が鋭いから、なにか変な成分にでもやられたのかも。……にしても、やばいでしょ」

　星蘭は眉間にしわを寄せながら、私の首に触れた。

　百虎さんに噛まれたところが、ひりっと痛む。

「牙の跡残ってるじゃん……最悪」

「す、すぐに治るよ……！」

　私は傷が治るのが早いんだ。今までは単純に、回復が早いと思っていたけど……これは女神の生まれ変わりの能力だって知った。

　そういえば、簡単な傷を癒やすくらいの能力なら、使ってもいいって言っていた……このくらいなら、いいのかな……？

　今は星蘭の前だから、試すのはあとにしよう。

　本当は星蘭にも本当のことを言っておきたいけど……これ以上他言するのは禁止だって言われたから、今は言えない。

「保健室行くよ」

　私の手を再び掴んで、歩き出した星蘭。

　私は星蘭に手を引かれながら、気になってたことを聞いた。

「星蘭……どうしてあそこにいたの？」

　あそこは、百虎さんが見つけた秘密の場所だって言ってた。

　もちろん、ノワールの生徒なら誰でも入っていい場所だし、立ち入ろうと思えばいつでも行けるけど……星蘭は花が好きってわけでもないし、ああ言う場所には行かないと思うのに。

「たまたま探索してたのよ。そしたら……あの花壇を見つけて……あんたが好きそうだなって思って……」

　え……？

「今度教えてあげようかなと思って入ったら、あんたたちがいたのよ」

　そんな……私のために……？

「星蘭……」

「な、何よ……」

　照れているのか、髪の間から覗く耳が赤く染まっている。

「ありがとうっ……」

　星蘭が、私のことを想ってくれてたなんて……。

「ふん、何のお礼よ」

「ふふっ、全部」

「……ほんとバカ。お人好し」

「今度、ふたりでどこか出かけたりしたいね」

「……あの男が許すわけないでしょ」

　そう言って、ため息をついた星蘭。

「そうかな？　夜明さんは許してくれると思うよ」

　星蘭が退学処分になりそうになった時も、夜明さんに頼んだら止めてくれたし、転寮の手続きだってしてくれた。

　今だって、こうして会うことも許してくれているし……。

「……そうね……あいつはあんたのお願いだったら断らないか……」

　夜明さんは、とっても優しい人だから。

　早く……会いたいな……。

「まあ、暇があったら付き合ってあげる」

　ふんっと鼻を鳴らす星蘭がかわいくて、目を細める。

「星蘭、どんなところに行きたい？」

「おいしいところならどこでも。おしゃれなところは、映えるから行ってただけだし、あたしは別にスイーツが一番好きってわけじゃないし……」

「あ……やっぱりそうだったんだ」

　お母さんがよく星蘭にケーキを買っていたけど、星蘭はそれほど好きじゃないんじゃって思ってた。

「私実は……星蘭は一番焼肉が好きなんじゃないかって思ってたのっ……」

「……なんでそう思ってたの」

「焼き肉に行くって言ってた時が、一番嬉しそうだったから」

　私は一緒に行ったことがなかったけど……報告をする時の星蘭が、いつも以上に嬉しそうに見えていたんだ。

「……今思えば、本当に最低なやつだったわね」

「え……？」

「……いつか……あたしが一番好きな焼肉屋、連れていってあげる」

　ほ、ほんとにっ……！

「嬉しいっ……」

　なによりも、星蘭の一番を教えてもらえることが嬉しかった。

　星蘭のことは、なんでも知りたいから……。

「……本当にごめんね」

「え？　な、何が？」

　急に謝った星蘭に、謝られることに身に覚えがなくて首をかしげる。

「何もない。……まあ、これからはあたしもちゃんと守ってあげるけど、今日みたいなのには気をつけなさいよ。男はみんなケダモノなんだから！」

　そ、それは極論じゃないかな……？

　そう思ったけど、星蘭があまりにも真剣な表情をしていたから、勢いに負けて頷いてしまったのだった。

お怒りモード

「鈴蘭様……！」

　あのあと、保健室に行って星蘭が絆創膏を貼ってくれた。

　そのまま寮に帰ってきて部屋に入ると、ひどく焦った様子の竜牙さんに迎えられた。

「百虎から聞きました、おケガは……」

「あ……平気です……！」

　百虎さん、いったいなんて話したんだろう？

　というか……竜牙さんは百虎さんに会ってきたのかな？

　竜牙さんは、私をじっと見たまま、首筋に視線を移した。

「失礼いたします」

「えっ……」

　急に首筋に触れてきた竜牙さんは、私のシャツをそっとずらした。

　百虎さんに噛まれたところ……。

「……っ」

　絆創膏が見えたのか、顔を歪めた竜牙さん。

「すみません……わたしがおそばにいなかったせいで……」

「い、いえ、そんな、謝らないでください……！　それに、百虎さん様子がおかしくて……大丈夫でしょうか……」

「さっき運んできました。自分の部屋に放り込んできたので、問題ないでしょう」

　えっ……そ、それは、大丈夫なのかなっ……？

　でも、あのまま倒れていたりしないかなと心配していた
から、部屋にいるとわかって少し安心した。

　竜牙さん、メッセージに気づいて助けにいってくれたん
だ。

「ありがとうございます」

「お礼なんてやめてください」

　なぜか、竜牙さんはとても苦しそうな表情をしていた。

　その理由がわからなくて、困惑してしまう。

「怖い思いをさせて……本当にすみませんでした……」

　どうして、竜牙さんがそんなに謝るんだろうっ……。

　夜明さんにまかされているとはいえ、大きなケガもない
し、別にこの前のように昼行性の人に襲われたわけではな
い。

　相手は百虎さんだし、怖い思いもしていないのに。

「わ、わたしは本当に大丈夫です……！　それに、これも
痛くないので。私よりも、百虎さんが心配です……」

　あの発作は治っているだろうか……。

　あんな百虎さんを見るのは初めてだったから……体に影
響がないといいけど……。

「あんなやつのことは放っておいてください」

　真顔で毒を吐いている竜牙さんに、苦笑いしてしまった。

　その後、いつものように宿題をして過ごしていたけど、
ずっと百虎さんのことが気になっていた。

　百虎さん、本当に大丈夫かな……。

　心配でメッセージを送ったけど、返信はまだない。

　部屋でひとりきりなのかな……できれば様子を見にいきたいけど、竜牙さんに言っても却下されそう……。

　どうしようかな……と悩んでいた時、ノックの音が聞こえた。

「鈴蘭様、いらっしゃいますでしょうか」

「はい！」

「百虎が話したいと言っているんですが……」

　百虎さん……！

「追い出してもよろしいでしょうか」

「ま、待ってください……！」

　とんでもないことを言う竜牙さんを慌てて止めて、すぐに扉を開けた。

　扉の先には、いつもの百虎さんの姿が。

　顔色も戻っていて、さっきは見えていた牙も隠れている。

　よかった、落ち着いたみたいでっ……。

「鈴ちゃん……」

　体の状態は治ったみたいだけど、百虎さんは私を見て申し訳なさそうに暗い表情をしている。

「さっきは、本当にごめん……」

　苦しそうに謝って、頭を下げた百虎さん。

「花の媚薬にやられたみたいで……自我を失ってた」

　やっぱり、花が原因だったのかなっ……。

「だからって、あんな鈴ちゃんを怖がらせることして……本当に反省してる」

「あ、謝らないでください……！　それより、もう平気な
んですか？」

「うん……もう大丈夫……」

「よかったっ……」

　百虎さんの体調が戻ったら何よりだ。

　さっきのことは、私も忘れるし、百虎さんも気にしない
でほしい。

「あの……」

　ゆっくりと顔を上げた百虎さんが、苦しそうな表情で私
を見た。

「また俺と……ふたりで出かけてくれる？」

　え……？

　改めてそんなことを聞いてくるなんて……百虎さん、
さっきのこと相当反省してるみたい……。

「もちろんです……！」

　本当に気にしていないし、百虎さんが元気になったなら
いいのに。

　今日だって、私が喜ぶと思って花園に連れていってくれ
たんだ。

　百虎さんはいつも優しいし、とても信頼しているから、
こんなことでその信頼が揺らいだりしない。

「ありがとう……」

　私の返事に、百虎さんは心底ほっとしたように表情を緩
めた。

「よかった……鈴ちゃんに怖がられたかもって思ったら、

すごい不安で……」

「鈴蘭様が許しても、私が許しません。百虎は当分、鈴蘭様とのふたり行動は禁止です」

　竜牙さんの発言に、思わず「えっ……」と声が漏れた。

「話が終わったならどうぞ速やかにお帰りください」

「え……ちょ、ちょっと待って、もう少し話したいんだけど……」

「もう夕食の時間ですので。よければ私が玄関まで引っ張って行ってさしあげますよ」

　笑顔でとんでもない発言を繰り返す竜牙さんに、私も百虎さんもあはは……と乾いた笑みが溢れた。

エゴ

【side 百虎】

　竜牙くんに引っ張られるように、鈴ちゃんの部屋を出る。

『また俺と……ふたりで出かけてくれる？』

『もちろんです……！』

　鈴ちゃんの瞳に、俺への拒絶が見えなくて……本当に安心した。

　それと同時に、自分が鈴ちゃんにしてしまったことを思い出す。

　花の媚薬に当てられて、自分を抑えられなかった。

　噛み付いた感覚が、今でも鮮明に残っている。

　痛そうな鈴ちゃんの表情も。

　鈴ちゃんだけは、絶対に傷つけたくなかったのに……。

　でも……。

　すごく、甘かった……。

　……って、何を思い出してるんだろう、最低だなほんと。

　夜明にバレたら何をされるかわからないけど、何をされても文句は言えない。

　ただ……鈴ちゃんに当分会わせないとか、そういうのはやめてほしい。

　もう絶対にこんなことがないように……気をつけるから……。

「竜牙くん……さっきはありがとう」

　隣にいる竜牙くんに、お礼を伝えた。

　鈴ちゃんが連絡をしてくれたらしく、倒れていた俺を竜牙くんが部屋まで運んでくれた。

　俺は敵も多いし、あんな状態になっているところに他の魔族が来たら大変だった。

　力が制御できない時にむかってこられたら、相手が危ないし、俺も暴力事件で処分が降りるのはごめんだし。

　竜牙くんが来てくれて本当に助かった。

「……」

「あの……竜牙くん……？」

「話しかけないでください。今百虎の顔を見たら殴りたくなります」

　そうだよね……怒ってるよね……。

「ごめんね……」

「私に謝られても困ります」

　真顔のまま答える竜牙くんは、見たことがないくらい怒っている。

　というか、キレていた。

「全く……鈴蘭様に、なんてことを……」

　正直、こんなにも竜牙くんが怒りをあらわにしていることに驚いている。

　もちろん俺がそれだけのことをしてしまったってことはわかっているけど……ただ、竜牙くんは俺が知っている中で、一番"怒らない人"だから。

　俺は怒らないタイプの人は、2つの種類に分けられると

思っている。

　怒るのがめんどくさいタイプと……ただただ何に対しても無関心な人。

　竜牙くんは後者で、怒らないんじゃなくて、何にも興味を持たない男だった。

　昔、竜牙くんがお母さんにもらったと言っていた砂時計を壊してしまったことがある。

『竜牙くん、ほんとにごめん……！』

『わざとじゃないので大丈夫ですよ』

　そう言って微笑んだ竜牙くんが、本当に怒っていなくて、俺はゾッとしたんだ。

　竜牙くんって、何があったら怒るんだろう。

　何も映らない竜牙くんの瞳を見て、ずっとそう思っていた。

　でも……竜牙くんは鈴ちゃんと出会ってから、別人かと思うくらい感情を表すようになった。

　今も……鈴ちゃんを傷つけたことを、本気で怒ってる。

　さっき俺を殴りたいって言ったのも、きっと本心なんだろう。

「……当分は、鈴蘭様に指１本触れないでください。肩を叩くのも禁止です」

「うん、わかってる」

「夜明に報告するかどうかは……鈴蘭様と相談します」

「いや、俺から夜明に言うよ。黙っていることなんてできないし」

　バレなければいいという問題じゃない。

　おかしくなっていたとしても、親友の婚約者に噛み付いたんだ。

　本当に、最低だ……。

「……鈴蘭様は望まないと思いますけど。……まあ、報告するなら、黒羽様の披露宴が終わってからにしてください」

　竜牙くんは、何やらめんどくさそうにため息をついた。

「黒羽……ああ、夜明の従兄弟だっけ？」

「はい。今は夜明はその準備に忙しいので、ご実家に閉じ込めてるんです。百虎が鈴蘭様に手を出したなんて、すべてを放り出して飛んでくるかもしれないので」

　たしかに……飛んでくるだろうな……。

「……わかった、それが終わったらちゃんと報告するね」

　できるなら今すぐに夜明にも謝りたいけど、それは俺のエゴだから。

「それでは、私も忙しいので、お帰りください」

「うん、ありがとう」

「おやすみなさい。どうか悪い夢を」

　バタンッ！と、勢いよく音を立てて閉まった玄関。

　竜牙くんにも嫌われちゃったな……。

　鈴ちゃんも、本当はすごく怖かっただろうし……守る立場の俺が、何をやっているんだろう……。

　部屋に戻って、着替えたり風呂に入ったりしていたけど、何をしていてもため息が止まらない。

　ベッドに横になって、深く息をついた。

　夜明への罪悪感もすごい……。

　それに、何より……花に当てられたからああなったとはいえ、あれは俺の意思だったと思うから、なおさらだった。

　改めて、自分が鈴ちゃんに抱いているのが、どうしようもない恋愛感情だと思い知らされた。

　もっと近づきたい、触れたい、抱きしめたい……食べてしまいたいくらいかわいい。

　いつもは抑えられているそんな感情が、たがが外れたように溢れ出した。

　きっと、あの場に居合わせたのが鈴ちゃんじゃなかったら……ああはなっていなかったと思う。

　鈴ちゃんのせいだって言いたいんじゃなくて……俺をおかしくさせるのは、きっと鈴ちゃんだけだ。

　現に、助けに入ってくれた双葉星蘭については何も感じなかったし、むしろ彼女の匂いが混ざったおかげで少し冷静になれたところもある。

　そういえば……俺はあの女に助けられたことになるのか……。

　俺は今も彼女を許していないし、この先許すつもりもないけど、今日のことに関しては感謝しなくてはいけない。

　双葉星蘭がいなければ、俺はあのまま……。

　想像するだけで怖くて、もう眠ってしまおうと目をつむる。

　——プルル、プルル。

　ん……誰からだ……って、鈴ちゃん？

「も、もしもし」

　まさか鈴ちゃんから電話をもらえるなんて思っていなくてすぐに出た。

『百虎さん、急にごめんなさい』

「う、ううん、全然……！」

　やばい、焦りすぎて、なんか声裏返った。かっこわる。

『あの、さっきはちゃんと言えなかったんですけど……本当に気にしないでくださいね……！　百虎さんにはいつもお世話になってばかりなので、あんなことで怖がったり、百虎さんへの印象が変わることなんてないですから』

　鈴ちゃん……。

『百虎さんは優しいから、気にしてるんじゃないかと思って……』

　さっきは竜牙くんになかば強制的に追い出されたから、わざわざそれを言うために電話してくれたのかな……。

　どうしてこんなに優しいんだろう。

　ダメだ。もっともっと好きになってしまう。

「鈴ちゃん……ありがとう」

『お礼を言うのは私のほうです。いつもありがとうございます……！』

　鈴ちゃんはいつも、感謝の言葉を忘れない子だ。

　夜明の婚約者になって、地位も名誉も手に入れて、鈴ちゃんがいつか変わってしまうんじゃないかって思ったこともあった。

　たしかに変わったけど、それは悪い方向にじゃなくて、

日に日に素敵な子になっていく。

　前以上にありがとうが口癖になったし、周りにいる人間の些細な変化にも気づいてくれるくらい、気配りも忘れない人だ。

　今こうして、俺をフォローしてくれているのもそう。

『それじゃあ、また明日。おやすみなさい、百虎さん』

「うん、おやすみ」

　電話を切って、もう一度ベッドに横になる。

　天井を見つめて、今日一番のため息をついた。

「はぁ……好きだ……」

　鈴ちゃんが素敵な人になっていくたび、俺の気持ちも膨らんでしまう。

　どうすればいいんだ、もう……。

　きっとこの気持ちを制御する方法なんてないから……俺は一層気を引き締めて、優しいお兄さんのフリをしてそばにいなきゃ。

　今日みたいなことは、二度と起こさない。

再会

「おはようございますっ……」

　リビングに行くと、左藤さんと右藤さんの姿が。

「おはようございます鈴蘭様。今日はずいぶんお早いですね」

　今日が楽しみすぎて、早く目が覚めてしまった。

　こんなに寝覚めがいいのも久しぶりで、今なら空も飛べそうな気分。

　なんて言ったって……今日は、待ちに待った夜明さんに会える日だ。

　離れての生活も、昨日で終わり。

　今日は夜明さんのお家に泊まって、明日は披露宴の最終確認をして、明後日お家からそのまま披露宴に行く予定だった。

　ついに夜明さんと再会できるとあって、私は昨日の夜から楽しみすぎてあまり眠れなかった。

「失礼いたします。……おや、もう起きていらっしゃったんですね」

「竜牙さん、おはようございますっ」

　いつものように来てくださった竜牙さんにお礼を言うと、にっこりと微笑まれた。

「鈴蘭様、ずいぶんご機嫌ですね。夜明に会えるのが、そんなに嬉しいですか？」

「はいっ……！」

「ふふっ、そうですか。妬けますね」

　妬ける……？

「竜牙さんも、夜明さんと会えるのが待ち遠しいですよね」

　竜牙さんは定期的にご実家に行っていたし、夜明さんと
会っていたみたいだけど、やっぱり毎日会えないのは寂し
かったのかもしれない。

　夜明さんと竜牙さんは幼い頃からずっと一緒にいたって
言っていたし……竜牙さんも私と同じくらい、離れての生
活は苦しかったはずだ。

「いえ、まったく」

　……と思ったけど、即答で否定されてしまった。

「えっ……」

　寂しいわけじゃ、なかったのかな……？

　う、ううん、きっと照れ隠しに違いない。

「それでは、支度を済ませて行きましょうか」

「はいっ……！」

　笑顔で頷いて、急いで夜明さんのお家に行く支度を始め
た。

　夜明さんのお家について、車から降りる。

　周りには、黒いスーツを着た、何人もの怖そうなお兄さ
んたちがいた。

　え、SP の方たちかな……。

　車から家に入るだけなのに、すごい警備。やっぱり、今

も昼行性の人に狙われているんだろう。

　学内は安全だったけど……夜明さんは大変な生活を送っているかもしれない。

　元気にしてるかな……早く会って、確かめたい。

　もう家はすぐそこなのに、

　浮き足立つ心を抑えながら、玄関である大きな扉をくぐる。

「鈴蘭……！」

　家に入ると、すぐに夜明さんの姿を見つけた。

　私が来るのを待ってくれていたのか、私を見て顔を明るくしている夜明さん。

　待ち焦がれた夜明さんの姿。私は一直線に夜明さんの元へ駆け寄った。

「夜明さん……！」

　飛びついた私を、軽々と受け止めてくれる。

　そのまま、ぎゅっと強く抱きしめられた。

「会いたかった……」

「私もですっ……」

　本当に、夜明さんだ……。

　久しぶりに感じる温もりに、匂いに、声に、私の心が喜んでいるのがわかる。

　身体中から、幸せが溢れ出すみたいに。

「元気そうで安心した……顔をよく見せてくれ」

　抱きしめる腕を解いて、夜明さんは至近距離で見つめてきた。

わっ……か、かっこいい……。

久しぶりに見る夜明さんは眩しすぎて、直視できないくらいかっこいい。

思わず目を逸らしそうになったけど、夜明さんがそれを許してくれない。

「……俺のかわいい鈴蘭」

愛おしそうに見つめられて、顔がぼぼっと熱を持つのがわかった。

「会いたかった」

同じ気持ちを口にしてくれる夜明さんに、愛おしさが溢れる。

もう一度ぎゅっと抱きつこうとした時、背後から「あらあら」という声が聞こえた。

「熱烈な再会ね〜」

お、お母さんっ……!?

振り返ると、そこには微笑ましそうに私たちを見つめるお母さんとお父さんの姿が。

勢いよく夜明さんから離れると、夜明さんはお母さんを睨むように眉間にしわを寄せた。

「あら、あたしたちのことは気にしないで」

「だったら存在感を出すな」

至近距離で見つめ合っているところを見られたという事実が恥ずかしくて、穴があったら入りたい気分だった。

あ……で、でも、恥ずかしがってる場合じゃない……!

「お母さんお父さん、お久しぶりです……!」

　久しぶりにお会いできたのに、挨拶もしないなんて失礼
だっ……。
「鈴蘭ちゃん……！　あたしも会いたかったわ〜！」
　駆け寄ってきて、私をぎゅっと抱きしめてくれるお母さ
ん。
　大好きなお母さんに抱きしめられて、私も嬉しくなった。
「今日は会えなかったぶん、お食事の時にたくさんお話し
しましょうね……！」
「はいっ……！」
　夜明さんと、お母さんと、お父さん。
　久しぶりに、大好きな人たちに囲まれて、心から幸せを
感じた。

【X】魔の披露宴

久しぶりの空間

　夕食の時間になって、夜明さんとお母さんとお父さんと一緒に食卓を囲ませてもらう。

「鈴蘭ちゃん、この1ヶ月何もなかった？」

「はいっ……！」

　頷いた私を見て、安心したように胸を撫で下ろしたお母さん。

「そう……安心したわ。鈴蘭ちゃんに何かあったら、もうあたしは生きていけない」

「そ、そんなっ……」

「ふふっ、ほんとよ～。夜明も、毎日鈴蘭ちゃんのこと気にしてそわそわしてたんだから」

　え……夜明さんが？

「鈴蘭ちゃんがいない間、ずっと機嫌が悪かったの」

　夜明さんを見ると、気まずそうに私から視線を逸らした。

「俺はいつもあれくらいだ」

　私のほうがひとりで不安がっていると思ってたけど……夜明さんも、同じくらいそう思ってくれてたのかな？

「そうね……久しぶりに、鈴蘭ちゃんと出会う前の夜明を思い出したわ」

　お母さんは、懐かしむようにそう言った。

　食卓に着信の音が鳴り響いたと思ったら、夜明さんが立ち上がる。

「……悪い、電話してくる。ちょっと待っていてくれ」

　夜明さん、相変わらず忙しいのかな……。

　出ていく夜明さんの背中を見て、心配になった。

「ふふっ、本当に夜明は変わったわ……」

　そうなのかな……？

　私は、私と出会う前の夜明さんを知らないから比較ができない。

「今までは、黒闇神家の最低限の勤めも果たさないで、学業も家業もまともにしなかったんだけど……最近は自分から率先して働くようになったのよ」

　そうだったんだ……。

　そう言えば、夜明さんは前まで学校をよくさぼっていたって話を前に聞いた。

「鈴蘭ちゃんの婚約者として、誰にも文句を言われない当主になるんですって」

　夜明さんが、そんなことを話していたなんて……。

　嬉しくて、言葉が詰まる。

「鈴蘭ちゃんと出会って、次期魔王としての自覚も芽生えてきたみたい」

「い、いえ、夜明さんはもともと責任感がとても強い方だと思うので、私は……」

「ふふっ、そんなことないわ。あのぐうたら息子がここまで変わったことに、母親のあたしが一番驚いてるんだから」

　私がどこまで影響しているかはわからないけど……お母さんに言われると、これ以上否定するのも失礼な気がした。

「夜明を変えてくれて……ありがとう」

　そんな……。

「お、お礼を言うのは私のほうなんです……夜明さんと出会うまで、本当は生きているのもつらかったんです」

　今でも……正直思い出すのが苦しい。

　毎日星蘭の機嫌をうかがって、お母さんの存在に怯えて、誰も信じられなくて、誰に対しても怯えていた。

　友情も、愛情も、人の温もりも……何も知らなかった私に、夜明さんがその全部を教えてくれたんだ。

「夜明さんのおかげで、今は毎日が楽しくて……このままずっと、夜明さんと一緒にいたいって、思っています。そのためなら私も……なんだって、頑張ります。夜明さんを支えられるような……お母さんみたいな女性になりたいんです」

　私の言葉に、お父さんが嬉しそうに微笑んだ。

「それは素敵な心がけだね」

「も、もう、鈴蘭ちゃんったら〜……そんなこと言われたら泣いちゃいそうになるじゃないっ。そ、それに、そんなふうに言ってもらえてとっても嬉しいけど、あたしなんて真似しちゃだめよ〜……！」

「何を言っているんだい、君は世界で一番素敵な女性だよ」

「あなた……」

　見つめ合って、ふたりの世界に入っているお母さんとお父さん。

「鈴蘭の前でやめろ」

いつの間にか戻ってきていた夜明さんが、険しい表情でふたりを見ていた。

よ、夜明さん、顔がっ……。

「なによ、夜明だっていつも鈴蘭ちゃんと見せつけてくるじゃない」

「鈴蘭、このふたりと一緒にして悪かったな」

夜明さんは労_{ねぎら}うように言ってくれるけど、笑顔で首を振る。

「お父さんとお母さんは……私の理想のご夫婦です」

いつも支えあって、お互いを思い合っていることが、態度だけですごく伝わってくる。

お母さんとお父さんのお互いを見る瞳は、いつも愛情と尊敬で満ちている。

「まあっ……」

「……」

目を輝かせているお母さんと、複雑そうにしている夜明さん。

全然違う表情なのに、ふたりの面影がどこか重なって、やっぱり親子だなと改めて感じた。

お父さんとお母さんの間には……隠し事とかは、ないのかな……。

お父さんは何かあった時は、きっとお母さんに相談していると思うし、困難な時もふたりで乗り越えてきたんだろうと思う。

私は……。

　ちらりと、横目で夜明さんを見た。

　夜明さんを、支えられてないから……一緒に乗り越えるどころか、おんぶに抱っこの状態だ。

　元気そうな夜明さんと再会できて嬉しい反面、そばにいると、申し訳ない気持ちも溢れてくる。

「明後日は苮生ちゃんの披露宴だけど、ふたりの結婚式も楽しみだわ〜」

「ふふっ、気が早いね」

「そんなことないわよ〜！　夜明が卒業したら、すぐにでも挙式をあげるんだから、今のうちから用意を始めないと」

　初めて聞く情報に、驚いてご飯が喉に詰まりそうになった。

「ああ、卒業式の翌日にするつもりだ」

「そ、そうだったんですかっ……」

　日程まで決まっていたなんてっ……！

　そ、それに、その日程というか、いろいろ無理があるんじゃないかな……？

　私はまだ高校生だから……結婚は……。

「鈴蘭ちゃんが卒業するのはまたないのかい？」

　同じ疑問を持ったお父さんが、夜明さんに聞いてくれた。

「それは待てない。あの学園には、学生のうちに結婚してはいけないという規則もないしな」

　そ、それも初めて知ったっ……。

　学生婚……ほ、本気なのかな？

　夜明さんの顔を見たけど、冗談を言っているようには思

えない。

「ふたりの結婚式は、盛大に執り行わなきゃね」

「未来の魔王と、女神の生まれ変わりの結婚なんだから」

　驚いたけど、楽しそうに話すお父さんとお母さんと、微笑んでいる夜明さんを見ていると、反論する気にもならなかった。

　私だって、夜明さんと結婚したいという気持ちは同じ。

　でも……このまま結婚しても、いいのかな。

　今の状態のまま私と結婚したら、夜明さんはいつか潰れちゃいそうな気がした。

　全部をひとりで背負っているからこそ、私が重荷になっているのは確実で、それが夜明さんを苦しめるのは絶対に嫌。

　このままで……いいわけが、ない……。

「……鈴蘭？　どうした？」

「え？　あっ……い、いえっ……」

　何を言うべきかもわからず、結局その場は笑顔で誤魔化すことしかできなかった。

本音

　ご飯を食べ終わると、お母さんとお父さんはふたりで寝室に行った。

　私も夜明さんと一緒に広間を出て、廊下を歩く。

「夜明さん、明日はどんな予定ですか？」

「明日は、午前中は家を空ける。昼頃に帰ってくるから、披露宴で着る衣装を合わせよう」

「明日も忙しいんですね。おつかれさまです」

　午前中からしないといけないことがあるなんて……夜明さん、最近はゆっくり眠れているのかな？

　せめて披露宴が終わって落ち着いたら、ゆっくり休んでほしい。

「いや、明日は比較的時間に余裕がある。やることはほとんど終わらせたからな」

　よ、夜明さんの比較的は……常人離れしている気がするっ……。

「鈴蘭、もう眠いか？」

「え？　いえ……」

　そういえば、夜明さんと一緒にいて嬉しいからか全然眠気がない。

　アドレナリンがでてるのかな。

「それじゃあ、上の階に行こう」

「え？」

　上の階……？

「案内したことがなかったと思ってな。夜景が綺麗なんだ」

　そんな部屋があるんだっ……。

「俺も忘れていたんだが、この前久しぶりに思い出したんだ」

　このお家はとっても広いから、使ってない部屋もいっぱいあるのかもしれない、あはは……。

「行ってみたいです……！」

「ああ、こっちだ」

　夜明さんは私の手を引いて、部屋に案内してくれた。

　夜明さんが連れてきてくれた、星空が見える部屋。

　その部屋は全面がガラス張りで、綺麗な夜景が一望できる場所だった。

　あまりの綺麗さに、言葉を失ってしまう。

「綺麗……」

「こんなものじゃないぞ」

　え……？

「ここに座ってくれ」

　夜明さんに言われるがまま、真ん中にあったリクライニング式の大きなソファに座る。

「電気を消すぞ」

　その声を合図に、部屋の電気が消えた。

　途端、ガラスの奥に見える夜景がもっと鮮明になって、夜空に浮かぶ星がクリアになる。

「わっ……！　すごいっ……！」

　空に浮かぶ星々。ビルの光も星のように輝いていて、地上も空もたくさんの星で埋め尽くされている。

「ほんとに、綺麗ですね……」

　都会で、こんなに星が見えるなんて……。

　それに、部屋から見えるなんてっ……。

　夜明さんは忘れていたって言っていたし、自分でこの光景を楽しむことはなかったのかもしれない。

「鈴蘭なら気に入ってくれると思っていた」

　私が喜ぶと思って連れてきてくれたんだと思うと、嬉しくて胸がいっぱいになった。

「鈴蘭。この１ヶ月間……寂しい思いをさせてすまない」

　空から夜明さんに視線を移すと、申し訳なさそうにこっちを見ていた。

「いえ……！　夜明さんが毎日連絡をくれたので、平気でしたっ……」

　本当は、ずっと会いたかったけど、こんなふうになったのは夜明さんのせいではないし、私のためにしてくれたことだってわかっているから。

　夜明さんが、そっと私に手を伸ばしてきた。

　腕を掴まれて、ぐいっと引き寄せられる。

　そのまま、いつもよりも力強く抱きしめられた。

「俺は平気じゃなかった。ずっと会いたかった」

　まさかそんなことを言われるとは思わなくて、驚いてしまう。

　寂しいと口にするのはいけない気がして、ずっと抑えていたけど……。

「……わ、私も、本当は寂しかったです。ごめんなさい、嘘をつきました……」

　夜明さんの本心が嬉しくて、正直に伝えた。

　ずっとずっと……寂しかった。

　同じくらい不安だった。心配……だった。

　少しでもいいから夜明さんに会いたかった。

　本当は電話したあと、寂しくて眠れない夜もあったんだ。

　だから……この１ヶ月が無事に終わって、安心している。

「かわいい嘘だな」

　夜明さんの嬉しそうな声に、愛おしさが溢れる。

「何回も家のことを放り出して鈴蘭の元に行こうと思ったが……鈴蘭の顔が浮かぶたびに、頑張れた。……矛盾しているな」

　私だって、夜明さんに会いたい気持ちを、夜明さんにふさわしくなりたいという気持ちで乗り切ったんだ。

「今までは公務も面倒で適当にサボっていたが、鈴蘭の婚約者がサボり魔だと格好がつかないからな」

　さっき、お母さんが言っていた言葉を思い出す。

『鈴蘭ちゃんと出会って、次期魔王としての自覚も芽生えてきたみたい』

「黒闇神家のことも、この国のことも、心底どうでもよかった。だが……鈴蘭と出会って初めて、価値が生まれたんだ」

　優しく私の頭を撫でてくれる夜明さん。

「鈴蘭がいるなら、この先魔王として、このどうしようもない国ごと守ってやろうと思う」

　まるでついでのように言っているけど、夜明さんの言い方と表情から、私は強い覚悟のようなものを感じた。

「もちろん、鈴蘭に危害を加えるものに対しては容赦しないがな」

　そう言って、ふっと笑った夜明さん。

　その表情が、どこか本気に思えて、少しだけ怖かった。

　夜明さんが怖いんじゃなくて……私のために、夜明さんが誰かを傷つけることを選ぶのが。

　それに……どうして今、そんなことを言い出したんだろう。

　やっぱり……夜明さんは……明後日の披露宴で何かをしようとしているのかもしれない。

　実は、うすうすそう思っていた。

　離れて生活するのは披露宴が終わるまでだって言われた時から。

　この１ヶ月、忙しそうだったのも……披露宴の準備に追われていたというより、その作戦の準備に追われていたんじゃないかな。

　きっと私を学園に避難させて、ひとりで戦っていたんだと思う。

　私に言わないのは……私を心配させたくないから？

　それとも……私じゃ力になれないから……？

　きっとそのどちらもだと思うけど、正直寂しい気持ちは

あった。

「夜明さん」

「ん？」

「私は……本当は、どんな理由があっても、離れたくなかったです」

　ぎゅっと、夜明さんに抱きついた。

　私を守ろうとしてくれている夜明さんの気持ちは嬉しい。だけど……本音は、夜明さんに危険が迫っているなら、そばにいたかった。

「……鈴蘭？」

「夜明さんがいつも私を危険から遠ざけようとしたり、危ない目に遭わないように守ってくれているのはわかってるんですけど……でも私は……危ない時も、辛い時も、苦しい時も……隣にいさせてほしいです」

　私はまだまだ未熟で、頼りなくて、守ってもらってばかりだけど……いつか夜明さんに頼られたい。

　夜明さんのことも、夜明さんが守ろうとしているもののことも……まるごと守れるような人になりたい。

「……ああ。ずっと隣にいてくれ」

　明日のこと……本当は聞きたい。

　何をするつもりなのか、何が起きようとしているのか。

「あの……」

「ん？」

「……いえ、何もありません」

　今の私が聞いても、夜明さんを困らせてしまうだけかな。

　今私にできるのは……夜明さんを、信じることだけだ。

　そんなことしかできなくて……ごめん、なさい……。

　どうしよう……夜明さんに会ったら、もっと安心すると思ったのに……。

　私は、夜明さんの隣にいる、自信が無くなってるっ……。

　このまま、隣にいられない。

　きっと今の私は夜明さんがいなければ生きていけなくて、そのくらい夜明さんが大きな存在になってる。

　夜明さんはそれでいいって言ってくれるだろうけど、私は嫌だ。

　夜明さんに甘えっぱなしで、頼ってばかりの婚約者なんて……ふさわしくない。

　夜明さんを守れるようになって初めて、隣に立ちたいって思う。

　一ヶ月離れて、すごく寂しかったけど……今の私には、もう少し時間が必要なのかもしれない。

　披露宴が終わったら……夜明さんに一度、打ち明けてみよう。

　距離を――置きたいって……。

　だから……。

「今日は、一緒に眠りたいです」

　披露宴が終わるまでは、会えなかったぶんを埋めるように、そばにいてもいいかな。

　わがままを口にすると、夜明さんは嬉しそうに笑った。

「言われなくても離すつもりはない」

　夜明さんに抱きしめられると、とても安心する。でも今
は……少しだけ、不安と罪悪感があった。

　ひとりで全部背負わせて、ごめんなさい。

　私も……もっと、強くならなきゃ。

　今回みたいに、離れなくて済むように……。

　夜明さんの抱きしめる腕に、少し力が込められたのを感
じながら、そっと目をつむった。

葛藤

【side 夜明】

　鈴蘭と夜景を見てから、部屋に戻る。

　俺もこのまま眠ってしまいたかったが、今日はもうひとつだけやることが残っていた。

「鈴蘭、すまない。先に横になっていてくれ。明日のことについて、親父と話があるんだ」

　そっと頭を撫でると、鈴蘭は笑顔で頷いてくれた。

「わかりましたっ……」

「眠かったら寝ていてもいいからな。おやすみ」

　額にキスをして、俺は部屋を出た。

　さっき……一瞬寂しそうな顔をしているように見えた。

　鈴蘭にあんな顔をさせるなんて……俺はまだまだ未熟だな。

　早く……この状況を終わらせなければいけない。

「入るぞ」

　ノックをするのも面倒で、そのまま親父のいる書斎に入る。

「夜明、せめてノックくらいしなさい」

　うるさい。俺は早く鈴蘭の待っている部屋に帰りたいんだ。

「報告にきた」

「ああ。どんな状況なんだ？」

「明後日は、披露宴会場の入り口に厳重な警備を置く。会場に入ろうとする反乱軍を、中には入れないようにその場で取り押さえ……」

　明後日の準備について、今日確認をとったことを逐一(ちくいち)親父に説明していく。

「……という状況だ。準備は整っている」

「そうか。なら、明後日はわたしは何もしないでおこう」

「授業参観のつもりか？」

「ははっ、そこまで相手を侮(あなど)ってはいないよ」

　軽い口調で言った親父は、にっこりと微笑んだ。

「進路相談くらいの気分だ」

　十分侮っているだろ。と突っ込むのが普通なんだろうが、面倒だから言わないでおく。

　明後日の披露宴。この人のために……すべて進めてきた。

「必ず反乱軍を捕まえ、黒闇神家に歯向かおうとするすべての魔族を戦意喪失させる」

　誰にも邪魔させはしない。

「高みの見物を楽しんでくれ」

「鈴蘭ちゃんには、このことは話していないのか？」

　報告が終わって、すぐに立ち去ろうとした俺を、親父のひと言が引き止める。

「ああ」

　明後日の作戦のことは、鈴蘭には話さないでおくことにした。

　鈴蘭は、嘘をつくのが下手だ。

　それに、鈴蘭に嘘をつくことを強要したくもない。

　どんな能力を持った魔族がいるかもわからない以上、鈴蘭の身の安全のためにも、言わないのが最善策だと考えた。

「そうか……」

「なんだ。忠告は聞かないぞ」

　これは、俺と鈴蘭のことだ。

「鈴蘭ちゃんは、不安がっているんじゃないか」

「……」

　忠告は聞かないと言ったのが、聞こえなかったのか……？

「まさか……夜明がそんなことにも気づいていない男だとは、思ってないけどね」

　俺のことまで高みの見物をするつもりか。

　わかっているなら……何も言わないのが優しさじゃないのか。

「……なら、どうしろって言うんだ」

　俺だって、鈴蘭が不安がっていることなんて最初から気づいてた。

　それでも、今はこうするしか思いつかない。

　もし鈴蘭に作戦がバレて、鈴蘭が俺のために動こうとしたら。うっかり能力を使ったら、どうなるかなんて親父もわかっているはずだ。

　だからこそ、何も言わずに守るのが正しいと言い聞かせているのに。

「親父にはわからない。何に代えても守りたいと思う相手

が、死ぬかもしれないと言われる恐怖はな」

　今の俺の気持ちなんて、きっと誰にもわからないだろう。

　そう思った俺を、親父は静かに睨んでいた。

「……本当にわからないと思うか？」

　久しぶりに見る威圧的な瞳に、少しだけぞくりとする。

「わたしと母さんが、生死の危機に立たされたことがない
と思っているのか？」

「……」

「それでも、一方的に守るなんてことはできないんだよ。
どこかで相手を信じて、支え合わなければいけない」

　……わかってる。

「鈴蘭ちゃんには、お前を信じる覚悟ができていたように
見えたよ」

「……」

「お前は強い、夜明。きっとわたしよりも。でもね……」

　親父は俺から視線を外して、口を開いた。

「そんな弱い心で、黒闇神家の当主は務まらないよ」

　……黙れ。

「夜明が鈴蘭ちゃんを守りたいという気持ちはとても理解
しているけど……彼女の気持ちも、同じくらい尊重したい
と思っている」

　まるで、俺よりも鈴蘭のことを理解しているような言い
方に、実の親父だとわかっていても少し苛立った。

「俺の考えは変わらない。明後日はすべて予定通り完遂す
る」

　話したところで、鈴蘭を戸惑わせるだけだし、何よりも鈴蘭のことは俺が守るから問題はない。

　何事もなく明後日を終わらせる。

　俺の役目はそれだけだ。

　書斎を出て、鈴蘭の待つ部屋に戻る。

　俺は服のポケットから、1枚の写真を取り出した。

　写真には、莇生の結婚相手が写っている。

　その写真をじっと見てから、指先から出した炎で燃やした。

　炭になって、空気中に舞う写真の残骸。

　……悪いな、莇生。

　本当は、お前を素直に祝福したかった。

　部屋に戻ると、ベッドに横になっている鈴蘭の姿が。

　俺が寝るスペースを開けて、布団にくるまっている。

　隣に横になって、その可愛い寝顔を眺めた。

　ああ……やっと一緒に眠れる。

　この1ヶ月、本当に鈴蘭に会えないことが苦痛だった。

　こうして寝顔を見られるのが、夢のようだ。

　かわいい寝顔を堪能するように、食い入るように見つめる。

　すると、そのかわいい口角が、堪えきれないように緩んでいくのがわかった。

　ぱちっと目を開けた鈴蘭は、俺を見て幸せそうに微笑んでいる。

「ふふっ」
　……かわいすぎて、驚いた……。
「鈴蘭、まだ起きていたのか？」
「はい……ごめんなさい……夜明さんと一緒に眠りたくて……」
　なんだそれは。そんなかわいい謝罪理由があるか……？
　愛おしさを噛み締めて、鈴蘭を抱きしめる。
「鈴蘭がいない間、眠りが浅かった。もう鈴蘭なしではまともに眠ることもできない」
　今日は久しぶりに……ゆっくり眠れそうだ。

堂々と

「鈴蘭ちゃん、かわいいわ〜！」

　ドレスを着て、メイクもしてもらった私の姿を見て、お母さんが手を叩いた。

「……」

　一方、隣にいる夜明さんは眉間にしわを寄せて複雑そうにしている。

「ちょっとかわいすぎて、問題になりそうだな……」

『鈴蘭様！　お美しいです！』

　ラフさんまで褒めてくれて、照れくさくなった。

「花嫁よりも目立つのはよくないけど……どうやったって目立っちゃうわね……！」

「当たり前だ。鈴蘭は世界一かわいくて輝いている」

「あ、あの……」

　ふたりともきっと贔屓目（ひいきめ）で見てくださってるんだろうけど、スタッフさんもいるから恥ずかしい……。

　今日は、披露宴当日。

「さあ、会場に急ぎましょう」

　支度が終わって、車で会場に向かう。

　念のため、全員別の車で移動することになり、ひとりきりの後部座席で窓の外を見た。

　いいお天気……雲ひとつない晴天だ。

　でも……なんだかすごく、嫌な予感がする。

　胸騒ぎがして、私は自分の胸元をぎゅっと抑えた。

　大丈夫……何が起きても、私は夜明さんを信じるだけ。

　きっと明日からは──平穏な生活が戻ってくる。

　会場について、控え室に案内される。

　部屋には、夜明さんが先についていた。

「もう来客者もほとんど集まっている。俺たちも会場に行こう」

「はい」

　私の背中に、そっと手を当てた夜明さん。

「鈴蘭。今日は……俺の隣にいるだけでいい」

　真剣な表情で、夜明さんが私を見た。

　こくりと頷くと、夜明さんは「行こう」と言って微笑んだ。

　会場につくと、もうほとんどの席が埋まっていた。

　わ……すごい人……。

　披露宴自体、来たのが初めてだけど、こんなに盛大に行うんだ……。

　会見みたいなものだと思ってた……。

　それに、比較的規模が小さい披露宴だって聞いていたけど……これで小さいのっ……？

　夜明さんたちの普通が、全然想像できないっ……。

　もし私と夜明さんが披露宴を開くとしたら、どんな感じなんだろう……。

　これ以上たくさんの人が集まるのだとしたら、緊張でう

まくふるまえるか不安だな。

　って、こんな弱気になっていちゃダメだよね。

　私は夜明さんの隣に立つんだから……どんな時も、堂々としていないと。

　夜明さんにふさわしい女性になるって、誓ったんだから。

　私たちも用意された座席に向かい、座って待機する。

　ステージに一番近い席で、周りからの視線を感じる。

「あれは……」

「あれが女神の生まれ変わり……」

「写真で見たことがあるが、実物は一層お美しいな……」

　あまりの熱視線に怖気づきそうになったけど、弱い気持ちを払拭して背筋を伸ばした。

反乱軍

「本日は、結婚お披露目のパーティーにお越しくださいまして、誠にありがとうございます」

披露宴が始まって、ステージに視線を向ける。

なんだか、私までドキドキしてきたな……。

こんな大勢の人に見守られて、相手の方もすごく緊張しているだろうな。

どうかおふたりにとって、素敵な披露宴になりますように。

「みなさまどうぞ大きな拍手でお迎えください」

手を叩いて、おふたりを迎える。

相手の方、初めて見たけど……とっても綺麗な人……。

仲睦まじく手を繋ぎながら入ってきたおふたりが、席についた。

幸せそうに話すふたりの姿に、私も自然と笑みが溢れる。

披露宴は順調に進んでいる……と、思っていた時だった。

「夜明様……っ」

後ろから現れた警備員の人が、焦った様子で夜明さんに話しかけてきたのは。

周りの人には聞こえないように、小さな声で話しているふたり。

「……何？　段取りと違うぞ。何があった」

「それが、外の警備のものが……」

　物々しい音がして、反射的に扉のほうを見る。

　耳を澄ませると、悲鳴にも似た叫び声が聞こえた。

　何……？

　──バンッ！

　勢いよく、披露宴会場の扉が開く。

　途端、会場が黒い霧のようなものに包まれた。

「きゃぁああ !! 」

「全員伏せろ !!　動くな !! 」

　……っ、これは……っ。

「聞け。この会場は包囲した。ここから抜け出すことはできない」

　もしかして……反乱軍の、人たち……っ。

　夜明さんのほうを見ると、歯を食いしばりながら入ってきた人たちを睨みつけている。

　夜明さんの計画に、何か想定外のことでもおきたのかな……？

「残念だったな、黒闇神夜明」

　黒いフードをかぶり、黒いオーラを放っているその人。

　この声……もしかして……合宿の時のっ……。

　宙を歩く彼は、夜明さんの目の前で止まった。

「俺たちのことを嗅ぎ回って準備していたのは知っているが、全てお見通しだ」

「……」

「天下の黒闇神家が、こんなにも簡単に罠にかかるとはな」

　不気味な笑みを浮かべている彼に、下唇を噛み締める。

「捕らえろ……!!」

　周りにいた黒闇神家のSPと思われる人たちが、一斉に魔力攻撃にかかった。

　けれど、彼の周りに張られたバリアのような膜が、すべてを跳ね除けてしまう。

「くそ……どこから情報が漏れた……」

　顔を歪めている夜明さんを見て、どうすることもできない自分が情けない。

「……鈴蘭を頼む」

「ええ。鈴蘭ちゃん、こっちよ」

　お母さんに手を掴まれたと思ったら、一瞬にして会場の奥に移動していた。

「あ、あの、夜明さんが……」

「大丈夫。ここなら安全だから、見守っていましょう」

　お母さんの言う通り、私たちの周りにはシールドのような膜が張られている。

　でも、夜明さんが……。

　囲まれている夜明さんを見て、手をぎゅっと握りしめた。

　どうしよう……夜明さんを、助けないと……!　彼らを、抑えるには……。

「やめろ……!　彼女に手を出すな……!」

　莇生さんの叫び声が聞こえて視線を移すと、結婚相手の女性が反乱軍と思われる人に捕らえられている。

「莇生……た、助けて……っ」

「夜明、これは……、作戦と話が違うじゃないか……っ!

会場に入る前に捕らえるって……」

　訴えるように夜明さんに叫んでいる萌生さん。敵は萌生さんの体も抑え、ふたりが捕らえられてしまった。

「や、やめてくれ……！」

「こいつを離してほしければ、これを着けろ」

　反乱軍の魔族が夜明さんの前に投げたのは、手枷のようなもの。

　私はこれを知っている。一度、ルイスさんが着けていたのを知っているから。

　魔力を……抑える鎖だ。

　これを着けると魔力が使えなくなるから、相手は徹底的に夜明さんを抑えようとしているんだ。

　でも……拒否したら、萌生さんたちの身が危険に……。

　きっと断らないだろうと思った夜明さんの返事は、予想外のものだった。

「……拒否する」

　──え？

「な、何言ってるんだ、作戦が失敗したからって、気がおかしく……」

「問題ない。すべて作戦通りに進んでいる」

「……は？」

　萌生さんも、萌生さんを捕らえている魔族も、まさか断られると思っていなかったのか、激しく動揺していた。

「こいつが……どうなってもいいのか？」

「ああ。どうなってもいい」

　夜明さん……？

　返事に一番ショックを受けているのは、捕らえられている莇生さんだった。

「黒闇神家の当主は、身内を見捨てるのか……!?」

「そいつはもう身内ではない」

　夜明さんがどういう意味でその言葉を口にしているのか、私にはわからない。

　本当に、莇生さんがどうなってもいいと思ってるのかな？

　……いや、もしかしたら、そういう作戦かもしれない。

　相手を油断させて、その隙にとかっ……。

「夜明、どうして……」

「どうして？　言わないとわからないのか？」

　助けを乞うような視線を送る莇生さんを、鼻で笑い飛ばした夜明さん。

「わざわざ俺が助けなくとも、そいつらはお前を殺さないだろう」

　え……？　それは……どういう意味……？

　昼行性の魔族と、莇生さんが驚いたように目を見開いたのがわかった。

　どうやらこの状況を理解していないのは、私だけということだけがわかる。

「なに、言って……」

　戸惑いを隠せない様子の莇生さんを見て、夜明さんが口角をあげた。

「反乱軍のボスはお前だろ、莇生」

手の内

【side 夜明】

　親父にした、披露宴の作戦報告。

「明後日は、披露宴会場の入り口に厳重な警備を置く。会場に入ろうとする反乱軍を、中には入れないようにその場で取り押さえ……」

　一度言葉を飲み込んでから、再び口を開いた。

「ようとするフリをして、やつらを中に誘導する。会場内には昼行性の能力を制御するブロッカーを用意したから、それを起動して、とっ捕まえて終わりだ」

　何も難しいことはない。やつらは勝手に自滅してくれるだろう。

「まあ……その間に反乱軍以外の魔族は避難させるように伝えてあるから、会場ごとぶっ壊してもいいけどな」

「それは……さすがにいいとは言ってあげられないけどね」

「俺から鈴蘭を奪おうとしたらどうなるのか……他のやつらへの見せしめにもなるだろ」

　あの時の発言、親父は冗談だと思っているかもしれないが、俺はこのまま本気で反乱軍を葬ってやろうと思っている。

　もちろん――莇生のことも。

　さっきまで必死に演技をしていた莇生だったが、俺の姿を見て早々に諦めたらしい。

　急に静かになり、「ちっ」と舌打ちをしたのが聞こえた。
「……どうして、どこから情報を手に入れたの？」
　まさか、本当に俺が気づいていると思っていなかったの
か。
　思っていた以上の間抜けだったな。
「お前が黒闇神家のスパイだったように、こっちもスパイ
を送り込んでいた」
「スパイ……？」
「白神ルイスだ」
「……っ!?」
　莇生の目が、大きく見開いた。
「どうして、あの男が……っ」
　莇生の婚約者も、血相を変えて歯を食いしばっている。
　送り込んだと言うのは、少し間違いかもしれないが……
俺と白神は、少し前から手を組んでいた。

　あの日、非通知の電話がかかってきた日。
『……俺だ』
　……あ？
　この忌々しい声……。
　忘れもしない。すぐに白神ルイスのものだとわかった。
　どうしてこの男が……。
「なんの用だ」
『……疑われている頃だろうと思ってな』
　まさに、白神の言う通りだった。

　茆生の婚約者が白神の元婚約者だとわかって、俺たちの疑念は白神に向けられていた。

　鈴蘭を諦めきれない白神が、元婚約者を使って茆生をたぶらかし、内部から黒闇神家を潰そうとしているのではないか……と。

『言っておくが、元婚約者については俺も詳しくない。それに、向こうの狙いは俺を参謀にすることだ』

「お前はどれだけ情報を持っている？」

『今から、知っていることはすべて話す』

「……ああ、話せ」

　こんな男だが、昼行性のトップを担うはずだった男。

　今は勘当されて、どうなっているのかは知りもしないし興味もないが……意味深な言い方からして、情報を握っているのは明らかだった。

『単刀直入に言うと、今起こっている反乱には──夜行性も関わっている。第三勢力が動き出している』

　……やはり、そうか。

　百虎があの発言をした時から、そうだろうなとは思っていた。

　夜行性が関わっているのだとしたら……こっちの情報が漏れていることも、納得がいく。

「情報の出処は？」

『実際に俺もその組織からスカウトを受けた。まぁ、相手は俺を仲間に引き入れるというよりは、俺を参謀に仕立てあげるのが目的だろうがな』

　当然のことのように宣言する白神。

「宣戦布告か？」

『……こんな堂々とするやつがいるか。一旦スパイとして潜入するべきか考えている。リーダー格が誰かはわからないが……俺がお前を恨んでいたことを知っているやつらが話をしかけてきた』

「スパイなんかして、お前にメリットはあるのか？」

『鈴蘭が関わっているからに決まっているだろ。そうじゃなきゃこんな面倒なこと、誰がするか。それに、お前に情報も流すわけないだろ』

　少しだけ驚いた。

　今まで散々こいつの小賢しい作戦に苦しめられてきたから、こいつがわざわざ危険を冒してまで俺たちの味方をするなんて思わなかったからだ。

　俺たちというより、鈴蘭のためだろうが。

『ちなみに、第三勢力の狙いは女神の生まれ変わりというより……黒闇神家の壊滅だ』

　第三勢力が生まれたと聞いた時点で２択だったが、真の狙いはそっちか。

　昼行性は当たり前に、俺たちの結婚をよく思っていない。全力で止めたがっているだろう。

　そして、それは夜行性側の中でも同じだった。ほとんどの魔族が黒闇神家に忠誠を誓っているが、一部黒闇神家を敵視しているやつら……黒闇神家一強の状態に苦言を呈しているやつらは、同じように婚約阻止を企んでいるだろう。

　そして、今までなんの情報も落とさなかった俺に、婚約者という弱点ができた。

　昼行性も、俺たちを邪魔に思っている夜行性も……黒闇神家の壊滅を企むなら今しかないと思ったんだろう。

『この前、合宿中に鈴蘭が狙われただろう。俺も今日その作戦を知ったんだが、あれも第三勢力の仕業だ』

　かたくなに口を割らないのも、新組織が生まれたことを俺たちに悟られないため。

『相手は、厳密には女神の生まれ変わりを狙っているわけではなく……女神の生まれ変わりを使って、黒闇神家を潰そうとしているらしい。黒闇神家を潰したあとは……自らが女神の生まれ変わりを手にするつもりだ』

　自らが……鈴蘭を?

『黒闇神家を潰して、女神の生まれ変わりを奪い……第三勢力のリーダーを新しい王に君臨させる。それが第三勢力の目的だ』

「……」

『いいか、絶対に鈴蘭を守れ。あいつを傷つけたら許さない』

「お前に言われる筋合いはない」

『そうだな……だが、それだけは約束しろ』

　こいつの声色から、今もまだ残る鈴蘭への想いが伝わってくる。

　それがあまりにも不愉快で、スマホをもつ手に力が入った。

『ああ、それともうひとつ……やつらが狙っているイベン

トがある。そこでお前を潰すつもりだ』

　イベント……心当たりはひとつしかない。

「披露宴か」

『そうだ。黒闇神家の魔族が一堂に会する、黒羽莇生の披露宴』

『中止にするべきだ。それだけ言っておく』

「……」

『また情報がわかり次第連絡するが、お前と繋がっていることがバレたら消されるかもしれない。俺からの連絡が途絶えたら、消されたと思ってくれ』冗談か本気か、わからないような口調でそう言った白神。

　こいつが消されても、俺は助けはしない。

『……鈴蘭にも、よろしく頼む』

　最後に余計なひと言を残して、あの日あいつは電話を切った。

　それ以来、定期的に連絡を取り、情報を貰っていた。

　まさか……白神に助けられる日が来るとは思わなかったが、こいつはスパイとしてなかなか優秀で、今回の作戦がうまく行ったのも白神の力が大きい。

　複雑だが、一応感謝はしている。

「あの男……裏切りやがったのか……」

「裏切るもなにも、先にはめたのはお前たちだろ。莇生は黒闇神家を潰すために。婚約者の女は……そうだな、自分をフった腹いせに、白神を陥れたかったとかか？」

「……っ」

　図星だったのか、顔を真っ赤に悔しそうにしている婚約者の女。

「利害が一致したお前たちは供託して、婚約の話を捏造し、唯一夜行性（ノクターナル）と黒闇神家が集結する披露宴という機会を作った。そうだろ」

「……どこまでも、ムカつくやつだよお前は」

　歯を食いしばりながら見たこともない形相をしている莇生。

　こいつは……こんな顔もできたのか。そんなことを、ぼんやりと思う。

　莇生はどちらかといえば、一族の中では信用しているほうだった。

　俺を陥れようとする他の同年代とは違い、俺に対しても気さくに接してくれたやつだから。

　ラフを使って、心中を確認したこともない。

　それがまさか……虎視眈々と俺の崩壊を、ねらっていたとはな。

　驚いているのは、自分がそれほど悲しんでいないこと。

　きっともう、俺は鈴蘭以外なら、失う覚悟はできているから……他の誰になんと思われようと、誰が敵に回ろうと、かまわない。

「……莇生、俺を見ろ」

　能力をかけようとそう言えば、莇生は目をきつくつむった。

「従うわけないだろ、お前の能力は把握しているんだ」

「……そうか。なら、今のもわざとかかってくれたのか」

「は？」

　莇生の両手に、手枷がかけられた。

「目をつむる、が誘因だ」

「くそ……！　お前は、どこまでも俺をバカにしやがって……」

「バカにした覚えはないが」

「嘘を言え……！　俺はずっと、お前と比べられてきたんだ……！　黒闇神家の魔族でなければ、俺は十分に優秀な魔族だったのに……」

　勝手に劣等感を膨らませて、恨んでいたらしい。

　嫉妬されるのなんて日常茶飯事だ。受け止めるしかないんだろうと、今はもう割り切っている。

「俺の能力を正しく評価できない、俺を粗末に扱う黒闇神家なんて……滅びればいいんだ……！　もちろんお前も一緒にな……！」

　莇生は叫び声を上げて、逃げようとしているのか背中の羽を出した。

「絶対にいつか……お前を消してやるからな……！　おいお前ら、今は逃げるぞ！」

　他の魔族も莇生に続こうとしたが、体の違和感に気づいたのか顔を青くしている。

「あ、莇生様、能力が発動できません……！」

「……なに？」

　戸惑っているやつらを見て、滑稽で笑えてきた。

　本当に、俺たちを壊滅させようと企んでいたとは思えない。

「装置を起動したから、この会場内は昼行性は能力が行使できなくなっている。残念だったな」

　堪えきれずに笑うと、莇生は一層悪意を宿して俺を睨んだ。

「くそ……役立たずどもが……やっぱり昼行性なんかと手を組むんじゃなかった……っ」

　ひとりだけ逃亡しようとしている莇生に、手を伸ばしている反乱軍のやつら。

「待ってください、莇生様……！」

「我々を見捨てるのですか……！」

「お荷物はいらない。せいぜい時間稼ぎでもしていろ！」

　茶番だ……。

　もちろん、莇生が逃げるのは想定内で、あの手枷には位置情報追跡装置が付いているからそのまま外にいる仲間と合流してくれれば、全員まとめて捕まえられる。

　俺がつけた手枷は、俺にしか外せない。手枷のついた莇生なんて、無能力の人間と同じだ。

「昼行性の明るい未来を約束すると、おっしゃったじゃありませんか……！」

「これだから……夜行性のやつなんて、信じるんじゃなかった……っ」

　反乱軍……俺に能力を奪われた者たちが、次々と莇生に

罵声を浴びせている。

　逃げられないとわかったのか、絶望して頭を抱えているものもいた。

　主人に裏切られたんだ。これ以上の屈辱はないだろう。

「待ちなさい！　あたしまで見捨てるの！」

「ただの協力者だ。お前だって同じ立場なら、俺を見捨てるだろ」

「お前……っ」

　フリとはいえ婚約者を見捨てる莇生に、静かに失望した。

　愛おしげに語っていた愛も偽物だったのかと思うと、虚しさしか残らない。

　相手も仇を見るような目で莇生を睨んでいるから、お互いさまなんだろうか。

　莇生に見捨てられた偽の婚約者と昼行性^(ノクターナル)……反乱軍のやつら。

　本当はかわいそうだと言って、見逃してやりたいところだが……俺はそんなに甘くはない。

　何より、こいつらは鈴蘭に手を出した。

　この作戦を考えた時から……生かして返すつもりはなかった。

「お前らの行動はすべて読めている。弱者同士手を組んだところで、俺たちには手も足もでないと、よくわかっただろ」

「この作戦は、すべて莇生様が……」

「ああもういい、言い訳は求めていない」

　莇生にそそのかされて計画に参加したものも、俺の中では同罪だ。

　鈴蘭に危害を加えようとしたものは……ひとえに処刑でいい。

「安心しろ、お前たちを葬ったあと、ちゃんと莇生も始末してやるさ」

　鈴蘭が母親といるのを確認する。

　この先することを鈴蘭に見られたくはなかったため、計画通り母親に立ち去るよう母親に合図を送った。

　鈴蘭の手を引いて、会場から出ていったのを確認してから、また視線をやつらに戻す。

「さあ……崩壊するのはお前たちだ」

　反乱軍だかなんだか知らないが……今に見ていろ。

「誰がこの国の王に君臨すべきなのか、鈴蘭にふさわしいのか──身をもって理解しろ」

　この会場ごと、崩壊させてやる。

　暴徒を起こした昼行性のやつらが建物を崩壊させ、夜行性の魔族は黒闇神家が保護した。これでいい。

「俺の婚約者に危害を及ぼそうとした者は、すべて俺が消し去ってやる」

　ひとり残らず、全員だ。

　誰にも、俺たちの邪魔をさせはしない。

女神の能力

　莇生さんが逃げようとして、反乱軍の人たちが暴れている。

「昼行性（ダイアーナル）の明るい未来を約束すると、おっしゃったじゃありませんか……！」

「これだから……夜行性（ノクターナル）のやつなんて、信じるんじゃなかった……っ」

　目の前で起こっている争いに、胸が苦しくなった。

　この争いは……私たちが発端でもあるんだ。

　そう思うと、こんな場所でじっとしていていいとは思えない。

「お前らの行動はすべて読めている。弱者同士手を組んだところで、俺たちには手も足もでないと、よくわかっただろ」

「この作戦は、すべて莇生様が……」

「ああもういい、言い訳は求めていない」

　冷めた表情の夜明さんが、ため息をついた。

　私の知っている夜明さんとは、別人みたいに冷たい口調と瞳。

　まるで、何かに取り憑かれたみたいに見えた。

　夜明さんは……何をしようとしてるの？

「安心しろ、お前たちを葬ったあと、ちゃんと莇生も始末してやるさ」

　葬る……？

　そ、れって……。

「お、お母さん……この人たちは今からどうなるんですか……」

　お母さんのほうを見ると、夜明さんを見て額に汗を浮かべていた。

「捕まえる……と、聞いていたんだけど……」

　聞かされていたことと違うことが、起きようとしてるってこと……？

　夜明さん、本当に、この人たちを殺す気じゃ……。

「鈴蘭ちゃん、外に避難しましょう。ここは夜明にまかせて。こっち」

　お母さんに手を引かれて、吸い込まれるように別の部屋へと移動した。

　私は無意識にお母さんの手を振り払った。

「あ……ご、ごめんなさいっ……でも……」

　あの場所から、逃げてはいけない気がして……。

「私……戻ります！」

「待って鈴蘭ちゃん……！」

　重い扉を開けて、再び大ホールに入る。

　私に気づいていない夜明さんは、さっき以上に恐ろしい顔をしていた。

「誰がこの国の王に君臨すべきなのか、鈴蘭にふさわしいのか──身をもって理解しろ」

　夜明さんが、静かに手を上にあげた。

　その手から、魔力を放出しようとしているのか、漆黒の
塊が螺旋状に回って膨れ上がっている。
「俺の婚約者に危害を及ぼそうとした者は、すべて俺が消
し去ってやる」
　合宿の時に襲われた……私の、敵討ち……？
「や、やめてくれええ……‼」
　恐怖に顔を歪ませて、助けを求めている反乱軍の人たち。
　婚約者の人も、絶望したような真っ青な顔で夜明さんを
見ている。
　すぐに夜明さんに駆け寄ろうとしたけど、私を阻むよう
に目の前に壁が出現した。
「ダメよ、鈴蘭ちゃん」
　お母さんの能力だったらしく、身動きが取れなくなる。
「お、お母さん、ここから出してください……！」
　命まで奪ったら、ダメ……！
「危ないわ……！　ここで、見守っていましょう」
　どうしよう……このシールドから出ないと、向こう側に
は……。
「やめてください……い、命だけは……！」
　相手の命乞いも聞こえていないのか、夜明さんは表情ひ
とつ変えない。
　私は、前に夜明さんが言ってくれたことを思い出した。
『鈴蘭がいるなら、この先魔王として、このどうしようも
ない国ごと守ってやろうと思う』
　未来のことを語ってくれた夜明さん。

　誰かを守ろうという夜明さんの気持ちにとても感動して、そんな夜明さんをずっと支えたいと改めて思った。

　それなのに……。

『もちろん、鈴蘭に危害を加える者に対しては容赦しないがな』

　夜明さんをこんなふうにさせてしまったのも、私なんて……。

『今後能力は使わないと、約束してくれ』

　ごめんなさい、夜明さん……。

　でも……私のために、夜明さんが手を汚す必要はない。

　そんなこと……してほしくないっ……。

　能力を放出しようと思ったけど、以前のようにうまくいかない。

　あれ……力が……。

　何かに抑えられているような圧迫感。腕が、光ってる……この時計から？

「鈴蘭ちゃん、何をしてるの……!?」

　そっと時計を外すと、押さえ込まれていたものが溢れ出るように、全身から光が放たれた。

「……っ、そんな……っ」

　シールドが壊れ、驚いているお母さん。

　私は無我夢中で、夜明さんのほうへと走り出した。

「……消えろ」

「夜明さん、ダメです……！」

　間に合って……っ。

　そう願ったけど、完全に周りが見えなくなっている夜明さんが放った魔力が、天井を突き破った。

　天井が崩れ、能力を制御されている反乱軍の人たち目がけて落ちていく。

　本当に、死んでしまう……っ。

『魔力の代わりに消費されるのは……命です』

　黒須さんの言葉を思い出して、一瞬恐怖で体がこわばっだけど、怯んでいる場合ではないと、そっと目をつむった。

「鈴蘭……？　どうしてそこに……っ」

　やっと気づいてくれたのか、さっきの物々しい声色ではない、いつもの夜明さんの声が聞こえる。

　私が大好きな……優しい声。

「鈴蘭ちゃん、やめて……！！」

　夜明さんとお母さん……ふたりの悲しむ顔は見たくない。

　だけど、私のせいで夜明さんがこんなことをするのは、もっと見たくない……っ。

　別の方法が、あるはずだから……。

「やめろ、鈴蘭……！！」

　ごめんなさい……。

　心の中で謝って、私は反乱軍の人たちを守るために、体の奥底から力を振り絞った。

　どうか……助かって……！

「鈴蘭……！！」

　　　　　　　　　　　　　　　　　　　　　　　【END】

予告

　鈴蘭の女神の能力が開花したことで、すれ違ってしまったふたり。
　婚約者には相応しくないと、自分を責める鈴蘭はついに……。

「夜明さん、私たち……一度離れましょう」
「……え？」

　ふたりの恋のゆくえは……。

「鈴ちゃんがいない夜明は、もう夜明ではないんじゃないかな」

　魔王子様は、婚約者を手放さない。

「……無理だ。離れるなんて考えられない。頼むから、そばにいてくれ」

　魔族溺愛シンデレラストーリー続編、ついに完結！

「もう、我慢しない」
「これでようやく……全部俺のものになった」

　番外編や卒業後のエピソードも収録予定！
　第③巻は2023年10月25日発売予定！

☆afterword

あとがき

　この度は、数ある書籍の中から『魔王子さま、ご執心！2nd season②　～冷徹男子は孤独な少女を命がけで奪い返す～』をお手にとってくださりありがとうございます！

　第②巻、いかがでしたでしょうか……！

　鈴蘭ちゃんの能力が目覚め、②巻は少し不穏な空気が続く回になってしまって申し訳ございません……！

　一番不穏だったのは、様子がおかしい夜明くんだったと思いますが、温かく見守っていただけると嬉しいです……！

　そしてシーズン1では完全な悪役兼ライバル役だったルイスくんもようやく登場させることができて、個人的にほっとした気持ちでした！

　実は、どこかでお話ししたことがあるかもしれませんが、鈴蘭ちゃんの運命の相手はルイスくんという設定があります！

　私の作品はいつも運命の相手とヒーローが違うのですが、運命を捻じ曲げてこその寵愛だと思っています……！

　鈴蘭ちゃんを手放してしまったルイスくんですが、これからも陰で鈴蘭ちゃんを守るナイトのような存在でいてくれればと願うばかりです……！

　今回は百虎くん竜牙くんとのエピソードも描きましたが、雪兎くん美虎ちゃん含むこの４人と鈴蘭ちゃんのお話を書くのもとても楽しくて、４人との関係も読者さんに楽しんでいただけていたらいいなと思っております……！

　最終巻では、ふたりのそのあとや未来のお話、最強魔族たちとの番外編集も収録予定です！
　②巻では不穏なエピソードが多かったぶん、③巻はハッピー溺愛満載でお送りいたしますので、最後までふたりの物語を見届けていただけると嬉しいです……！

　最後に、本書に携わってくださった方たちへのお礼を述べさせてください！
　いつも素敵なイラストをありがとうございます、漫画家の朝香のりこ先生。素敵なデザインに仕上げてくださったデザイナー様。
　そして、本書を読んでくださった読者様。書籍化に携わってくださったすべての方々に深くお礼申し上げます！

　ここまで読んでくださって、本当にありがとうございます！
　最終巻の③巻でもお会いできることを願っております！

2023年８月25日　＊あいら＊

作・＊あいら＊

ハッピーエンドを専門に執筆活動をしている。2010年8月『極上♥恋愛主義』が書籍化され、ケータイ小説史上最年少作家として話題に。ケータイ小説文庫のシリーズ作品では、『溺愛120％の恋♡』シリーズ（全6巻）、『総長さま、溺愛中につき。』（全4巻）に引き続き、『極上男子は、地味子を奪いたい。』（全6巻）も大ヒット。野いちごジュニア文庫でも、胸キュンしたい読者に多くの反響を得ている。ケータイ小説サイト「野いちご」で執筆活動中。

絵・朝香のりこ（あさかのりこ）

2015年、第2回 りぼん新人まんがグランプリにて『恋して祈れば』が準グランプリを受賞し、『春の大増刊号 りぼんスペシャルキャンディ』に掲載されデビューした少女漫画家。既刊に『吸血鬼と薔薇少女』①〜⑪（りぼんマスコットコミックス）があり、人気を博している。＊あいら＊による既刊『総長さま、溺愛中につき。』（スターツ出版刊）シリーズのカバーとコミカライズも手掛けている。（漫画版『総長さま、溺愛中につき。』はりぼんマスコットコミックスより発売）

ファンレターのあて先

〒104-0031

東京都中央区京橋1-3-1

八重洲口大栄ビル7F

スターツ出版（株）書籍編集部 気付

＊あいら＊先生

KEITAI
SHOUSETSU
BUNKO
野いちご SINCE 2009

魔王子さま、ご執心！　2nd season②
〜冷徹男子は孤独な少女を命がけで奪い返す〜
2023年8月25日　初版第1刷発行

著　者　＊あいら＊
　　　　©＊Aira＊ 2023

発 行 人　菊地修一

デザイン　カバー　粟村佳苗（ナルティス）
　　　　　フォーマット　黒門ビリー＆フラミンゴスタジオ

ＤＴＰ　　久保田祐子

発 行 所　スターツ出版株式会社
　　　　　〒104-0031 東京都中央区京橋1-3-1　八重洲口大栄ビル7F
　　　　　出版マーケティンググループ　TEL03-6202-0386
　　　　　（ご注文等に関するお問い合わせ）
　　　　　https://starts-pub.jp/
印 刷 所　共同印刷株式会社
Printed in Japan

ISBN　978-4-8137-1469-9　C0193

ケータイ小説文庫　2023年8月発売

『魔王子さま、ご執心！
2nd season ②』　*あいら*・著

誰もが憧れひれ伏す次期魔王候補・夜明の寵愛を受ける鈴蘭は、実は千年に一度の女神の生まれ変わりだった。鈴蘭をめぐって夜行性と昼行性の全面対決が勃発するけれど、夜明は全力で鈴蘭を守り抜く！　最強魔族たちからの溺愛も加速し、緊急事態が発生!?　溺愛シンデレラストーリー続編、第2巻！

ISBN 978-4-8137-1469-9
定価：660 円（本体 600 円＋税 10％）

ピンクレーベル